KB023012

그럼에도 웃는 엄마

그럼에도 웃는 엄마

제1판 1쇄 2021년 2월 25일
제1판 2쇄 2021년 3월 5일

지은이 이윤정
펴낸이 이경재

펴낸곳 도서출판 델피노
등록 2016년 8월 11일 제2020-000082호
주소 서울시 양천구 신정중앙로 86, 덕산빌딩 6층
전화 0505-937-5494
팩스 0505-947-5494
이메일 delpinobooks@naver.com
ISBN 979-11-972275-8-5 (03810)

책값은 뒤표지에 있습니다.
파본은 구입하신 서점에서 교환해 드립니다.

그럼에도
웃는 엄마

델피노

목차

Part 2 | 육아 갈등이 시름시름 깊어가는 순간에도

- 다시 오지 않을 지금을 더욱 사랑하기 -

Part 3 | 타인의 시선이 따끔따끔 불편한 순간에도

- 세상의 편견 앞에서 웃어넘기기 -

Part 4 | 존재가 이리저리 흔들리는 순간에도

- 스러져가는 '나'의 존재 일으켜 세우기 -

Part 5 | 미래가 스멀스멀 불안해지는 순간에도

- 나만의 가치를 믿고 뚜벅뚜벅 걸어나가기 -

프롤로그

엄마의 웃음이 왜 먼저일까

"하루빨리 큰 병원으로 가 보시는 게 좋을 것 같아요."

첫째 아이의 허리 엑스레이 검사에서 이상 소견이 보인다는 말을 듣고 나는 한참을 휘청거렸다. 밥을 짓다가도 빨래를 개다가도 청소기를 밀다가도 눈물은 거스를 수 없을 만치 삐죽삐죽 솟아올랐다. 그럼에도 나는 세 아이를 돌봐야 하는 엄마였다. 눈물이 솟구칠 때면 베란다로 쫓아가 입을 틀어막았고, 화장실로 달려가 샤워기 물줄기 소리 뒤에 숨어 아이 모르게 울고 또 울었다.

아이의 아픔을 몰라주고 무심하게 흘려보낸 시간은 후회와 죄책감이라는 거대한 파도가 되어 나를 무섭게 집어삼켰다. 아이를 가장 많이 안다고 생각했던 헛똑똑이는 눈물범벅이 되어 바다 저 깊숙한 곳으로 빠졌다 올라오기를 수차례 반복했다. 허우적거리다 간신히 수면 위로 올라온 후에도 '왜 그랬어 이 바보야. 왜 진작 병원에 데려가지 않았어. 도대체 왜…'라며 내 머리를 자꾸만 바닷물 속으로 밀어 넣고 있었다. 점점 더 숨쉬기가 힘들어지고 시야가 흐릿해졌다.

그렇게 끝없이 깊은 곳으로 침잠하던 나를 물 밖으로 건져준 건, 다름 아닌 존경하는 선생님의 다정한 말씀 한마디였다. 태어날 때부터 심장이 아픈 아이를 키워오시며 수많은 수술과 치료의 과정을 담대하게 겪어오신 분이었다.

"자책하지 마. 아이가 아픈 건 절대 네 잘못이 아니야. 그때는 그때 나름으로 최선을 다한 거야. 과거를 되돌아보며 괴로워하는 것으로 힘 빼지 마. 이럴 때일수록 엄마인 '나'를 더 챙겨야 해. 엄마가 힘 빠져 있으면 아무것도 안 돼.

그리고 지금 아픈 아이를 키우고 있는 게 아니라 건강한 내 아이가 잠시 아픈 것뿐이라고 생각하자. 아이를 측은한 눈빛으로 안쓰럽다는 눈빛으로 바라보지 말았으면 해. 아이 촉은 대단하거든. 엄마 눈빛을 바로 읽어서 자기가 정말로 아픈 아이인 줄 알아. 그저 보통 때처럼 행동하고 보통의 모습으로 아이를 바라봐 줘. 그럼 아이도 분명 더 잘 이겨낼 거야."

선생님의 말씀을 듣는 내내 뜨거운 눈물이 흘렀다. 그 눈물과 함께, 깊숙한 바닷물 속에서 허우적거리던 나는 비로소 햇살 가득한 지상으로 다시 올라올 수 있었다. 흐르던 눈물을 닦아내고 웃는 얼굴로 아이를 마주했다. 앞으로 펼쳐질 일들에 대한 불안과 두려움이 수시로 차올랐지만, 아이와 마주하는 순간만큼은 '지금 이 순간의 감사와 행복'에 몰입하려 애썼다. 생각만으로 잘 안 될 때는 책을 읽고 글을 쓰며 마음을 다졌다. 구급차를 타고 응급실에 갈 때도, 며칠에 걸쳐 각종 검사를 받느라 지쳐갈 때도, 아이가 생애 첫 입원을 하고 첫 수술을 받으며 두려움에 떨 때도, 힘겹게 회복해 가는 그 시간에도, 모두 괜찮다고… 별일 아니라고… 우리 구급차 놀이나 펜션 놀이한다 생각하며 즐겨보자고… 아이가 별일 아닌 것처럼 느끼게 하고자 부단히 노력했다.

그 날 이후에도 고통의 순간들이 밀물처럼 찾아 왔지만, 우리는 그 시간을 밝은 에너지로 슬기롭게 잘 이겨냈다. 엄마가 먼저 웃어 보이자 아이는 정말로 자기의 아픔이 얼마나 큰지 알지 못했다. 순간순간 많이 아파했지만 이내 다시 웃었다. '엄마가 웃으면 아이도 웃는다'라는 자명한 진리를 병원에서 확인한 셈이다. 그때 확실히 깨달았다. **'역시 내 웃음이 먼저구나. 내 밝은 표정이 아이를 살릴 수도 있겠구나.'**

그 과정을 모두 드러내어 블로그에서 이웃님들과 함께 나눴다. 뜨거운 위로와 격려의 댓글이 이어졌다. 많은 이들이 내 일처럼 걱정하며 기도를 해줬고, 수술과 회복의 과정에서 함께 기뻐하며 응원해줬다. 내 모든 것을 열고 털어놓았더니 그들도 자신의 이야기를 들려주기 시작했다. 그렇게 우리는 심리적으로 매우 가까워졌고 슬플 때 함께 슬퍼하고 기쁠 때 함께 기뻐하는 진정한 육아 동지가 됐다. 나의 블로그 구독자들은 나의 글을 통해 힘과 위로를 많이 얻어간다고 했고, 나는 그들의 따뜻한 댓글로부터 엄청난 힘을 얻었다. 얼굴 한 번 보지 못한 인연일지라도 글이라는 매개체를 통해 이렇게나 가까워질 수 있다는 사실을 그때 처음 알았다.

이 책은 그런 이웃님들과 함께 빚어낸 산물이다. 나의 글을 기다려주고 나의 글에서 힘을 얻는다는 이웃님들이 계셨기에 책을 쓰겠다는 용기를 낼 수 있었다. 블로그에 나의 모든 것을 드러내며 함께 진하게 소통하고 마음을 나눴던 것처럼, 이제는 '책을 통해' 힘겨워하고 무기력해진 엄마들의 손을 잡아주고 싶다. 존경하는 선생님의 말씀 한마디 덕분에 내가 극심한 고통의 늪에서 다시 일어설 수 있었던 것처럼, 많은 엄마들이 나의 글을 통해 주저앉았던 무릎을 다시 펼 수 있었으면 좋겠다.

이 책에서는 주로 엄마의 웃음에 대해서 이야기하고 있다. 하지만 힘들고 지친 엄마들에게 그저 많이 웃으라고만 이야기하는 것은 너무나 무책임하며 그것은 엄마에게 또 다른 희생과 억압이 될 수도 있다고 생각한다. 여기서 말하는 웃음은 아이를 향한 억지웃음을 뜻하지 않는다. 화가 치밀어 오르고 힘들어 죽겠는데, 웃을 일이 하나도 없는데, 그저 아이를 위해 감정을 억누르며 웃는 모습을 보인다는 것은 엄마에게도 아이에게도 해로운 독이 될 뿐이다. '진짜 웃음'은 엄마가 진정으로 자기 안에 있는 가치와 행복을 발견하고 지금 이 순간이 정말 행복하다는 마음에서부터 우러나오는 것이어야 한다. 그러니 우리 너무 좋은 엄마가 되려고 노력하다 지쳐 쓰러지지 말고 먼저 '나부터' 행복한 엄마가 되어보자고 외치게 된 것이다.

삼 형제를 키우다 보니 순간순간 좌절하고 고통받으며 내 존재 가치와 자존이 흔들리는 순간들이 참 많았다. 잘 웃고 강인해 보이는 모습 이면에는, 아무도 모르게 물속에서 세차게 발길질하는 노력과 시행착오들이 있었음을 고백한다. 참 많이 혼란스러웠고 좌절했고, 꽤 자주 흔들렸고 두려웠다. 그럴 때면 아이에게서 한 발짝 물러서서 어떻게든 나만의 시간과 공간을 찾아 나서려 애썼다. 사색과 끄적임으로 현재의 가치와 감사함을 발견하고자 노력했고, 내가 먼저 웃을 방법을 찾아내어 실행하고자 고군분투했다. 그러한 투쟁 끝에 비로소 진심으로 더 많이 웃을 수 있었다. 그 과정에서 발견한 나만의 해법과 단상들을 이 책에 풀어보고자 한다. 그것이 정답이라 말할 수 없다. 그저 독자들이 거기에서 공감을 얻고 용기를 얻어 본인만의 해법을 하나씩 만들어 갈 수 있기를 바랄 뿐이다.

이 책을 읽는 독자들, 특히 아이와 관련된 모든 일이 내 몫인 것만 같은 막중한 책임감과 죄책감을 끌어안고 살아가는 엄마들, 그래서 더 좋은 엄마가 되려 노력하고 노력하다 또다시 좌절하고 자책하는 과정을 반복하며 서서히 웃음을 잃어가는 엄마들, 더 나아가 에너지가 모두 소진되어 무기력과 우울의 늪에 빠져버린 엄마들, 그런 엄마들에게 힘껏 외쳐주고 싶다.

"아이는 우리 생각보다 훨씬 더 잘 자라고 있답니다. 이제는 아이만큼이나 소중한 엄마 자신에게 엄마만의 시간과 공간을 내어주세요. 잃었던 나를 만나고 가꾸며 우리 더 많이 웃기로 해요. '좋은 엄마'가 되려는 막중한 책임감을 잠시 벗어던지고, 먼저 '행복한 엄마'가 되어 그 날개를 활짝 펼쳐 봐요. 행복한 엄마의 날갯짓을 보며 아이도 함께 행복 가득한 얼굴로 날아오를 거예요. 엄마와 아이가 모두 행복해지는 그 여정을 힘껏 지지하며 응원할게요"라고 말이다.

나는 오늘도 위대한 우리 엄마들이 더 많이 웃고 행복해지는 세상을 꿈꾼다. 이 책을 덮는 순간 여러분들의 입가에도 행복 머금은 예쁜 웃음이 더 많이 번질 수 있기를 소망해본다.

이윤정

| PART 1 |

하늘이 쿵 무너질 것 같은 순간에도

- 엄마의 웃는 얼굴은 만병통치약 -

바보 엄마가 깨달은 소중한 가치

초록 잎이 무성해지던 2019년의 따스한 봄날, 세 아이 모두 심한 기침과 고열로 호되게 아팠다. 복직한 지 3개월 만이다. 아이들이 아프니 학교에 출근하는 것 자체가 고통이었다. 아픈 아이를 집에 남겨놓고 출근하거나 그마저도 상황이 여의치 않을 때면 멀고 먼 학교까지 함께 데려가 유치원에 눕혀놓고 교실로 향해야 했다(그해 첫째와 둘째는 내가 근무하는 학교의 병설 유치원에 다니며 출퇴근을 함께하고 있었다).

엄마 가지 말라고, 내 옆에 있으라고, 다리를 붙잡고 매달리던 아이의 울음소리가 저만치 멀어질 때쯤이면 왈칵 쏟아져버릴 것만 같은 눈물을 간신히 삼키며 교실 문을 열었다. 그리고 끝끝내 눈물 한 방울 흘리지 못한 채 묵묵히 나에게 주어진 일을 해냈다. 아이도 안쓰럽고 나도 참 애잔한 날들이었다.

하지만 그때는 몰랐다. 워킹맘의 고단함쯤이야, 아이들의 고열과 기침쯤이야 아무것도 아닌 일이 생겨버릴 수도 있다는 것을. 가장 늦게 증세를 보였던 첫째가 3일간 기침을 엄청나게 쏟아낸 끝에 심한 허리 통증을 호소하기 시작했다. 카시트에 앉아있는 걸 너무 힘들어 하며 허리가 아프다고 엉엉 울기까지 했다. 서 있지도 앉아있지도 못하고 계속 눕고 싶다고만 했다.

첫째는 근 1년 전부터 가끔 허리가 아프다고 했었지만, 이런저런 병원에 가 보아도 특별한 이상 소견이 없었다. 소아청소년과에서는 처음 보는 경우라는 듯 "글쎄요"라고만 했고, 정형외과에서도 별다른 징후를 발견하지 못했다. 그 후로도 아이는 가끔 허리가 아프다며 자지러질 때가 있었는데, 그러다가도 20~30분쯤 지나면 괜찮아져 며칠간은 또 아무런 문제 없이 잘 놀았다. 그래서 '뭐 별일이야 있겠어? 성장통이겠지'라고 생각했다. 어린아이가 허리 아픈 경우는 아무리 검색해봐도 잘 없다. 소아청소년과에서는 어느 병원에 가서 어떤 검사를 해보라는 조언도 뚜렷하게 없었고 "진짜 문제가 있다면 계속 움직이지도 못할 만치 아플 거다"라는 말씀을 하실 뿐이었다. 엑스레이 검사에서 '이상 없음' 결과가 나왔으니 그것만 믿고 거의 1년이란 시간을 흘려보냈다.

그런데 그날은 그동안 아픔을 표현했던 것보다 훨씬 더 심한 강도로 통증을 호소하기에 그저 지켜보고만 있을 수는 없었다. 1년 전과는 다른 정형외과를 찾았다. 흔히 어른들이 허리 삐끗해서 아픈 것처럼 근육에 무리가 갔을 수도 있을 테니, 물리치료 좀 받고 찜질 좀 하고 오겠거니 예상하고 들른 것이었다. 의사 선생님께서는 "꼬마가 허리가 아프다고요?" 하며 의아해하셨다. 일단 엑스레이부터 찍어보자 하셔서 엑스레이를 찍고 마음 편히 기다렸다. 촬영을 마치고 나오신 방사선과 선생님의 표정이 몹시 안 좋았다. 너무나 안쓰럽다는 표정, '저 아이 어쩌나'하는 딱 그 표정으로 대기석에 누워있는 아이를 몇 번이나 바라보고 계셨다. 불길한 예감이다. 심장이 쿵쾅쿵쾅 방망이질하는 소리가 내 귓가에까지 들리는 듯했다.

"안 좋은 결과라도 있는 건가요?"
"일단 선생님 말씀 한 번 들어보시는 게 좋을 것 같아요."

아이들을 대기석에 두고 나 혼자 진료실로 들어갔는데 역시나 이상징후가 보였다. 허리뼈 한곳에서 좌우 뼈의 양상이 달랐다. 왼쪽 뼈가 정상이라면 그에 비해 오른쪽 뼈가 제법 웃자라 있었다. 의사 선생님도 이게 무슨 경우인지 잘 모르겠다고 말씀하셨다. 그리고 소견서를 써줄 테니 꼭 큰 병원으로 가 보라고 하셨다. 순간 눈앞이 캄캄해지고 어지러웠다. 드라마에서만 봤던 그 장면, 정말로 아무것도 보이지 않고 눈앞에 회색 막이 쳐지면서 그것들이 뱅글뱅글 돌고 있는 그 장면이 나에게 벌어지고 있었다. 곧 쓰러질 것 같았다. 간호사 선생님이 내 어깨를 잡아주시며 토닥토닥 해주셨던 기억이 난다. 겨우겨우 정신을 차리고 의사 선생님께 여쭈어봤다.

"작년 엑스레이 검사에서는 이상이 없다고 했는데요…."

"그때는 정말 안 보였을 수도 있어요."

"아이들에게서 이런 경우를 볼 수 없다면 혹시 어른에게는 이런 경우가 있나요?"

"있다면 양성 혹의 종류가 있을 수 있죠. 하지만 지금은 아무것도 몰라요. 별일 아닐 수도 있어요. 미리 너무 걱정하지 마세요."

친절한 의사 선생님께서는 나를 안심시키려 하셨지만 안심될 리 없었다. 진료실을 빠져나오는데 정말이지 아무것도 보이지 않고 눈앞이 뱅글뱅글 돌아서 바로 옆 소파에 털썩 주저앉아 엎드렸다. 주섬주섬 전화기를 찾아들고 남편에게 전화를 걸었다.

"흐흐흑. 여보… 우리 훈이 어떡해… 어떡해…."

저 멀리 대기석에서 텔레비전을 보고 있던 아이들은 영문도 모르고 "엄마 빨리 집에 가자" 한다. 애써 태연한 척 아이들을 챙겼다. 소견서와 엑스레이 결과 CD를 챙겨 들고 첫째를 안고 나가려니, 방사선과 선생님께서 주차장 차 있는 곳까지 짐을 들어주시고 정말 친절하게 우리를 도와주셨다. 그 친절함 만큼 나는 더 초조해지고 불안해졌다. 무슨 정신으로 집까지 운전해 왔는지 잘 기억나지 않는다.

저녁을 준비하며 계란을 굽는데 눈물이 자꾸만 눈 앞을 가려서 제대로 구울 수가 없었다. 손을 씻다가도, 밥을 그릇에 담다가도, 주체할 수 없는 눈물이 흘렀다. 아이들에게 들키지 않으려 몇 번이나 화장실로 쫓아가 세수를 했다.

'정훈아 미안해. 너는 정말로 아팠던 건데 그 아픔을 대수롭지 않게 생각해서 미안해. 때로는 엄살이라고, 관심 사기 위한 행동일 수도 있겠다고 넘겨짚어서 미안해. 그동안 그렇게 잠에서 깨어 울고 잠들기 힘들어했던 수많은 날도, 너는 정말로 아파서 그랬던 것일 텐데 엄마가 몰라주어서 정말 미안해. 무심했던 엄마를 용서해줘. 미안해. 미안해. 미안해….'

도저히 일하러 갈 자신도 없고, 아이도 먼 거리를 차 타고 등원하는 건 무리겠다 싶어서 교장 선생님께 울먹이는 목소리로 전화를 걸었다. 인자하신 교장 선생님은 내 말이 끝나기가 무섭게 연가를 허락해주셨다. 대구의 대학병원에 가장 이른 날짜로 진료 예약을 잡았다. 자꾸만 상상의 나래를 펼치게 되고, 병원에 일찍 데려가지 않은 나 자신을 원망하며 자책하게 돼서 기다림의 시간이 너무 괴롭고 힘들었다.

마침 쉬게 된 그 날이 유치원 현장체험학습 날이라 마음이 더 쓰렸다. 첫째는 아침에 눈 뜨자마자 소풍 가고 싶다며 눈물을 또르르 흘린다. 지금은 허리 아파서 힘들 것 같으니, 허리 다 나으면 엄마랑 같이 도시락 싸서 놀러 가자고 약속했다. 아이는 많이 아쉬워하는 눈치였지만 이내 받아들인다. 순해서 더 짠한 우리 아들.

떼쓰고 고집부려도 괜찮아.

동생들이랑 싸워도 괜찮아.

밥 안 먹고 간식만 찾아도 괜찮아.

만화영화 계속 보여달라고 해도 괜찮아.

집을 엉망으로 만들어도 괜찮아.

다 괜찮아.

다 괜찮아.

그저 별일 아니길… 큰일이 아니길

그거 하나면 돼… 정말 그거면 돼.

그 어떤 바람도 사치인 것을

너의 존재만큼 소중한 것은 없다는 것을

이 바보 엄마는 이제야 절절히 깨닫고 또 깨달았어.

아이 손을 꼭 잡고 자는 밤 간절히 기도하고 또 기도했다. 우리에게 평안한 일상이 다시 찾아와주기를. 어떠한 일이 닥쳐도 잘 이겨낼 힘을 얻을 수 있기를. '그만 울자, 그만 울자' 하며 어금니를 꽉 깨물었다. **내가 울면 아이도 울 테니, 엄마가 일어서야 아이도 씩씩하게 일어설 테니, 지금이야말로 긍정으로 똘똘 뭉쳐 기운을 내야 할 때라고 스스로 주문을 걸고 또 걸었다.**

우주가 도와주는 간절한 기도

대학병원 외래 진료 예약일을 이틀 앞둔 주말 밤, 아이는 또다시 자다 깨어서는 허리를 부여잡으며 울었다. 하루라도 빨리 검사를 받아보고 싶은 마음이 컸던지라, 예약해둔 그 병원의 응급실로 가 보는 것이 좋을 것 같았다. 동생들이 새근새근 자고 있으니 우리 부부가 함께 움직일 수는 없는 노릇이다. 그렇다고 나 혼자 아픈 아이를 카시트에 태워 병원까지 가자니 도저히 자신이 없었다. 고민 끝에 구급차를 불렀다.

병원에 도착하니 이미 밤 12시다. 소견서와 엑스레이 결과 CD를 제출하고 기다리는 동안 의사 선생님께서 이런저런 정황들을 자세하게 물어보셨고, 담당 교수님께 CD의 사진을 보내드렸다고 하셨다. 주말의 한밤중이었음에도 집에 계신 교수님께서 사진을 봐주신다니 참 감사했다. 얼마 지나지 않아 교수님의 말씀을 전해 들을 수 있었다.

"종양이 보인다고 하시네요. 양성일 확률이 반, 악성일 확률이 반이에요. 양성일 확률이 더 높기는 하지만 악성의 가능성도 배제할 수는 없어요. 일단 피검사, MRI, CT 검사를 해봐야 알 수 있으니 입원해서 차차 검사하도록 할게요."

"아, 네… 종양… 이요…."

침착하자. 침착하자. 침착하자. 아이가 행여나 놀랄 수도 있으니 최대한 침착하게 아무 일도 아니라는 듯 의사 선생님의 말씀을 들었다. 아이는 종양이 뭔지, 양성이 뭔지, 악성이 뭔지를 모르니 그냥 아무렇지도 않게 내 품에 안겨있었다. 곧바로 이어진 피검사와 엑스레이 검사도 무사히 잘 받아줬다. 내 마음은 이미 깜깜한 터널 속으로 들어가고 있었지만, 아이는 터널의 존재를 인식하지 못한 채 엄마 손을 꼭 잡고 아침이 밝아오길 기다리고 있었다.

"엄마 우리 언제까지 여기 있어야 해? 아빠 보고 싶어."

"아빠 곧 오셔. 우리 아빠 오실 때까지만 여기서 기다리고 있자. 정훈이 검사도 이렇게 잘 받고 정말 멋져. 최고야. 우리 병원에서 나가면 아이스크림도 사 먹고 맛있는 거 많이 먹자."

"응. 그런데 아빠 왜 이렇게 안 와? 밖에 아직도 깜깜한지 한번 보고 싶어."

"아빠 나오려고 준비하시는데 동생들이 말을 잘 안 듣나 보네. 훈이 눈감고 한숨 자고 있으면 곧 오실 거야."

아이는 아빠를 찾다가 새벽 2시쯤 응급실 간이침대에서 잠이 들었다. 내 무릎 위에서 곤히 자는 아이의 손을 꼭 잡아주는 일, 그것 말고는 내가 해줄 수 있는 게 없었다. 잠든 아이의 얼굴이 무척이나 안쓰러웠다. '그동안 많이 힘들었지. 괜찮을 거야. 괜찮을 거야. 어떤 일이 닥쳐도 우리는 잘 이겨낼 거야'를 수도 없이 되뇌었다.

잠든 지 두 시간쯤 흘렀을까. 심전도 검사 때문에 잠에서 깬 아이는 내 품에 안겨 울먹이며 "집에 언제 가? 빨리 집에 가고 싶어. 아빠 보고 싶어"라는 말만 계속 반복했다. 배가 고프기도 했고 바람도 좀 쐬어줄 겸 아이를 안고 병원 내 편의점으로 가 봤다. 어느새 어슴푸레 동이 터오고 있었다.

"우와 이 병원 정말 좋지? 꼭 백화점처럼 생겼네. 우와 이런 가게도 있어. 장난감도 팔아."

조금이라도 아이 기분이 좋아질까 싶어 괜한 호들갑도 떨어본다. 아이는 노란 자동차를 골랐다. 노란 자동차를 들고 엄마 등에 업혀 잠시나마 기분이 좋아진 듯했지만 이내 또 시무룩해졌다. 응급환자들이 거의 다 빠져나간 오전, 응급실 바닥에서 자동차 주고받기 놀이도 해보고 병원 앞마당에 나가 산책도 해봤지만, 그것도 잠시뿐이었다. 오매불망 기다리던 아빠와 동생들이 잠시 다녀갔고, 아이는 집으로 함께 돌아갈 수 없음을 슬퍼했다. 응급실에서의 기다림은 하염없이 길어졌다. 응급실에서 14시간, 뜬 눈으로 37시간을 견뎌낸 후에야 드디어 병실 배정을 받을 수 있었다.

"엄마 우리 지금 어디가? 뭐하러 가는 거야?"

"조금 전에 있던 곳보다 훨씬 깨끗하고 편한 침대가 있다고 해서 그쪽으로 옮기는 거야. 거기서는 엄마랑 같이 누워 잘 수도 있어. 정훈이 허리가 왜 아픈지 검사만 해보고 바로 집으로 갈 거야."

병동으로 옮기자 모든 환경이 응급실보다 훨씬 좋았다. 운 좋게 창가 침대로 배정을 받아 푸른 산과 하늘도 잘 보였다. 하지만 생전 처음 입원이란 걸 해본 아이에게는 낯설고 무서운 환경이었을 뿐. 아이는 오로지 밖에 나가고 싶다는 말만을 반복하며 얼굴은 울적하기 그지없었다. 그런 아이의 모습을 지켜보는 마음은 미어지고 속이 상했지만, 그래도 난 엄마니까. 내 안에 남은 '밝음'을 쥐어 짜내듯 꺼내어 아이에게 모두 전해주고 싶었다.

"우와 여기 산도 보이고 저 멀리 아파트도 보이고 전망 너무 좋다. 그지? 침대도 폭신폭신하고 냉장고도 있어. 엄마랑 둘이서 펜션에 놀러 왔다고 생각하는 거 어때? 여기서 엄마랑 그림도 그리고 색종이도 접고 책도 읽고 그렇게 재미있게 놀다가 가자. 엄마는 그동안 동생들 때문에 정훈이 마음껏 안아주지 못해서 속상할 때가 많았는데, 여기서 정훈이랑 단둘이 안고 잘 수도 있고 이것저것 구경도 하고 놀 수도 있어서 참 좋아."

아이가 그 말을 온전히 받아들이기는 쉽지 않았을 것이다. 다만 병원이 무서운 곳만은 아니라는 걸, 아주 어릴 적부터 동생들에게 양보해야만 했던 엄마 품을 마음껏 누리며 단둘이서 즐거운 추억을 쌓아갈 수도 있는 곳이라는 걸 알려주고 싶었다. 앞으로 얼마나 더 있어야 할지 모르겠지만 그곳이 조금은 더 편안해지기를 바라는 마음, 그것뿐이었다.

그 뒤로 이어진 각종 검사의 여정은 굉장히 험난했다. 수면 유도제를 먹여 겨우 아이를 재우고 MRI 검사를 시도했지만, 아이가 잠결에 계속 움직이는 바람에 검사를 중단할 수밖에 없었고, 수면에서 깨어나는 과정 또한 악몽 같았다. 계속되는 수면 유도제 투입과 금식으로 아이의 몸무게는 급속도로 줄었다. 혓바닥이 하얗게 뒤집혀 미음조차 먹기가 힘들어졌다. 아이는 새벽에 눈을 뜨자마자 집에 가고 싶다고, 아빠가 보고 싶다고 울먹였다.

아이를 달래는 중에 담당 교수님께서 나를 부르셨다. "엄마 잠깐만 다녀올게" 하며 나가서 CT 검사 결과에 대한 설명을 듣는데 상황이 그리 좋지 못하다. 여느 병원이나 그렇듯 교수님께서는 최악의 상황까지도 말씀해주셨고, 종양의 종류가 양성인지 악성인지를 뚜렷하게 판단하기가 힘든 상황이며, 양성이라 하더라도 종양의 크기가 제법 크고 수술이 매우 까다로운 과정이니 서울대병원으로 전원하기를 권유하셨다.

설명을 모두 듣고 휘청거리는 마음으로 병실로 가니, 아이가 병실 문 앞에 나와서 엄마를 찾으며 울고 있다. 달려가 아이를 꼭 안으며 달래줬다. 아이는 내 품에 안겨 다시 잠이 들었는데, 잠든 아이를 바라보고 있자니 미안함과 안타까움에 가슴이 타들어 가는 것만 같았다. 너무 무섭고 막막했다.

임신 과정에 아무런 문제가 없었고 자연분만으로 건강하게 잘 태어났으며, 1년 동안 모유를 먹었고 16개월이 될 때까지 감기 한번 걸리지 않을 만큼 건강했던 아이다. 그 뒤로도 입원 한 번 해본 적 없을 만큼 건강했는데, 이 아이의 몸에 어쩌다가 이런 것이 생긴 것일까…. 도대체 어쩌다가…. 가만히 있다가는 마음이 무너져내릴 것만 같아서 핸드폰을 집어 들어 문자메시지에 접속했다. 그리고 평소 의지하며 지냈던 멘토 선생님께서 보내주신 문자를 찾아 찬찬히 읽고 또 읽었다.

"아이에게는 무서운 게 당연하다고, 엄마도 낯설고 새로운 것이 많아 비슷하다고, 지금 느끼는 감정이 자연스러운 것이라 이야기해

주고, 그래도 엄마가 든든하게 지키고 있다고 해주셔요. 모든 것은 내 앞에 오면 그때 감당해내면 되니, 미리 당겨 겁내고 걱정하지 말아요. 그리고 미안해하지 마요. 이건 누구의 탓도 아니랍니다. 정말 그냥 우리에게 온 것일 뿐이에요. 내 안의 믿음이 나와 아이가 이 상황들을 이겨내는 힘이에요. 모든 것이 잘 되리라 믿어요. 우리 함께 우주의 힘을 믿읍시다. 사랑하고 기도할게요."

이 말씀이 내게 오지 않았다면 그 날의 나는 어떤 모습이었을까. 선생님의 믿음과 사랑이 가득 담긴 이 메시지 덕분에 나는 다시금 기운을 얻어 마음을 추스를 수 있었다. 잠에서 깬 아이를 힘껏 안아주며 함께 온전히 살아있음을 느꼈다. 그리고 본격적으로 **'지금 이 순간에 집중하기'** 훈련에 들어가 보기로 했다.

아이에게 색종이 접기, 그림 그리기 등 이것저것 권해봐도 아이의 기분은 좋아질 기미가 없다. 여전히 시무룩한 아이를 안고 지하 카페테리아에 내려가며 한 가지 놀이를 제안했다.

"우리 다른 데서는 볼 수 없었던 신기한 것 10가지만 찾아볼까? 신기한 것이 있나 없나 여기저기 잘 살펴봐. 알았지? 10가지 다 찾고 나면 우리 집에 가자."

"우와! 좋아."

아이는 드디어 옅은 미소를 지으며 재미있겠다는 듯 주위를 살폈다.

〈우리가 타고 왔던 구급차와는 다르게 생긴 흰색(사설) 구급차, 출입증 갖다 대면 좌우로 폴딩 되며 열리는 응급실 출입 자동문, 저 높은 천장의 길쭉한 조명, 병원 밖 정원의 벽면을 타고내리는 폭포…〉

그렇게 신기한 것을 찾아다니는 동안 남편과 둘째가 왔다. 엄마와 형이 없어서 덩달아 유치원에 가지 못하고 있었던 우리 둘째가 활짝 웃으며 달려와서는 해맑게 "엄마 나 어제 엄마 없어도 잘 잤어" 한다. 아이가 너무나 대견해서 또 눈물이 왈칵 터져 나왔다. 비록 이산가족처럼 떨어져 있지만 참으로 애틋하고 고마운 우리 가족. 남편이 두 아이를 잘 돌봐주고 아이들도 이 상황을 잘 받아들이고 잘 지내주니 얼마나 감사한 일인지.

오후에는 첫째의 가장 친한 동네 친구가 놀러 왔다. 7살에게 또래의 힘은 얼마나 강한 것인지, 아이는 병원에 온 이래 처음으로 잇몸을 보이며 활짝 웃는 모습을 보여줬다. 나 역시 참 많이 웃었다. 조금 후에는 내 친구들이 연락도 없이 찾아와 간식, 책, 스케치북, 색연필, 놀잇감, 퍼즐 등등 든든한 선물들을 한가득 안겨주고 돌아갔다.

"정훈아 이것 봐. 정훈이는 이만큼이나 사랑받는 사람이야. 정훈이를 사랑해주고 응원해주고 정훈이를 위해 기도해주는 사람들이 이렇게나 많아. 그러니까 우리 정훈이 조금만 더 힘내자. 알았지?"

고개를 끄덕끄덕하는 아들. 친구들이 돌아간 후로 자기도 집에 가고 싶다며 한참을 시무룩한 표정으로 울먹이던 아이는 이모들이 사다 준 신기한 놀잇감들을 갖고 놀며 다시 생기를 찾았다. 자기 전에는 "엄마 오늘은 참 좋은 날이었어. 내일도 좋은 날이었으면 좋겠어. 나 씩씩하게 밥 잘 먹고 빨리 퇴원할래. 그리고 다음에 이모들 만나면 '고맙습니다' 하고 꼭 인사할래" 했다. 아이의 그 말도 무척이나 감동이었는데, 집에 있는 가족들과 한참 동안 영상통화를 하다 마지막에 "사랑해" 하며 머리 위로 하트를 그려주는 동생들까지, 끈끈해지는 사랑 덕분에 더더욱 뭉클해지는 밤이었다.

우리가 겪고 있는 이 과정들은 앞으로 살아갈 날 동안 겪어야 할 무수히 많은 고통과 시련 중 하나일 뿐이라고. 아이가 다시 건강해져서 뛰어다니는 일은 이미 정해져 있다고. 많은 이들의 마음과 기도가 모여 모든 일은 분명 좋은 쪽으로 움직이고 있다고. 그것을 굳게 믿으며 조금만 더 힘내자고. 그렇게 온 마음으로 응원해주는 가족들, 친구들, 선생님, 언니 동생들이 있어서 나는 더욱 힘을 낼 수 있었다. 따뜻한 메시지 한 통 한 통, 블로그 댓글 하나하나 너무나 감사한 마음으로 눈물 글썽이며 읽고 또 읽었다. 주변에서 보내주는 소중한 마음들과 아이를 향한 아낌없는 기도와 사랑이, 절망 속에서 발견하게 된 또 하나의 빛이 아니었을까. 그 빛은, 내 마음속에서 햇살이 되고 굳건한 믿음과 희망이 되어 오랜 시간 아이를 지켜줄 단단한 힘이 되어주었다.

세상에 기꺼이 희망을 나누는 병원 엄마들

첫째는 서울대학교 어린이병원으로 무사히 전원했다. MRI 검사와 조직검사를 힘겹게 마친 후 컨퍼런스(중요한 사안에 대해 의료진들이 한 자리에 모여 회의를 하는 것)를 거쳐 수술이 최선이라는 결론이 났다. 병원 측에서 최대한 가까운 날짜로 수술 일정을 잡아주셨는데 그 날짜가 공교롭게도 첫째의 생일이다.

'왜 하필 그 날이야….'

아이들은 1년 내내 자신의 생일을 기다린다. 생일 다음 날부터 "엄마, 이제 내 생일 몇 밤 남았어?" 하며 카운트다운에 들어간다. 그만큼 오매불망 기다리던 생일에 차가운 수술실로 들어가야 한다니…. 그 사실을 아이에게 어찌 전하나…. 안타깝고 속상했다. 하지만 이내 마음을 고쳐먹었다. 그날이야말로 진정으로 의미 있는 생일이 될 것이라고. 미운 혹 덩어리를 말끔하게 떼어내고 새로이 건강하게 태어나는 날. 6년 전 그날 우렁차게 울면서 엄마 배를 쑥 빠져나와 엄마의 품에 안겼던 것처럼, 이번에도 수술실을 빠져나옴과 동시에 홀가분한 몸으로 새로이 탄생하는 역사적인 날이라고 말이다.

아이의 생일이자 수술 날, 수술실로 향하는 아이는 무서움에 떨며 울었다. 무더운 여름날이었지만 텅 비어있는 수술대기실은 냉기로 가득했다. 어쩌면 느낌이었을지도 모를 그 냉기가 우리의 피부와 심장으로 쏙쏙 파고들어 두려움이 조금씩 더 커졌다. 나는 아이 앞에서 울음을 애써 참았고 아이는 마취약을 투여받는 순간까지 아빠에게 안겨 흐느꼈다.

"정훈아, 걱정하지 마. 무섭고 힘들 때 카봇 시계를 돌리면 모두가 널 도와주러 오는 거 알지? 카봇 시계가 널 지켜줄 거야. 수술 씩씩하게 잘 받고 우리 꼭 케이크 사서 생일 파티하자."

아이도 그 힘을 믿었던 건지, 아빠가 선물해주신 카봇 시계를 끝까지 풀지 못하게 했다. 우리는 아이가 마취약을 맞고 픽 쓰러져 잠든 후에야 시계를 풀어서 건네받을 수 있었다.

텅 비어있던 수술대기실은 어느덧 8개의 침대로 가득 찼다. 그중에는 공갈 젖꼭지를 물고 있는, 아주 어린 아기가 둘이나 있었다. 7살

아이가 수술실에 들어가는 것도 이렇게나 마음이 아픈데, 저렇게 어린 아가를 수술실에 들여보내야 하는 엄마의 마음은 오죽할까. 앳된 젊은 엄마는 애써 씩씩한 미소를 보이고, 할머니는 뒤에서 숨죽여 눈물을 닦으셨다. 그 모습을 보고 있자니 나까지 목이 메어서 혼이 났다.

정훈이는 수술실에서 5시간이 넘도록 나오지 않았다. 예상 소요시간을 훨씬 넘어섰다. 아주 애가 탄 우리 부부는 '불안하고 초조해요'를 얼굴 한가득 그려놓은 채 수술실 앞을 계속 서성거렸다. 그러다 우연히 다른 두 어머니와 이야기를 나누게 됐다.

"병원 처음이시죠? 저는 여기서 벌써 3번째 수술이라 그냥 덤덤하게 기다려요. 하하."

"저는 병원 앞에 나가서 화장품도 사 오고 먹을거리들 장도 보고 왔네요."

두 분 다 서울대병원에서 몇 차례의 수술을 경험해보신 분들이었다. 한 분은 속눈썹을 진하게 붙이고 예쁜 원피스를 입고 계셨고, 다른 한 분은 머리에 고운 꽃무늬 두건을 두르고 계셨다. 예쁘게 꾸미고 계신 분은 말씀도 워낙 밝게 잘하셔서 그저 가벼운 수술을 하는 아이를 기다리는 것이려니 생각했고, 머리에 두건을 두른 분은 아이 간호 때문에 머리를 감지 못해 모자 대신 쓰고 계신 것이려니 생각했다. 그런데 알고 보니 한 분은 아이가 림프종이었고, 다른 한 분은 본인이 한 달 전에 유방암 수술을 받으셨던 것.

우리보다 훨씬 더 어려운 상황에 있음에도 두 분의 표정은 제법 평안해 보였다. 어쩌면 아픔을 겪어왔던 그 세월이 그들을 그만큼이나 단련시켜 준 것인지도 모르겠다. 그분들도 처음에는 울기도 많이 울고 밥도 못 먹으며 그렇게 수술실 앞을 지키셨다 한다. 하지만 이제는 그러지 않는다고. 그래 봐야 마음만 힘들고 애들 볼 힘도 나지 않더라고. 이렇게 꾸미기도 하고 먹고 싶은 것도 먹으면서 그렇게 그 시간을 견뎌내는 게 훨씬 더 낫더라고.

이야기를 나누는 동안 어느덧 정훈이는 회복실로 옮겨갔고 한 시간쯤 뒤에야 그곳을 빠져나올 수 있었다. 퉁퉁 부은 얼굴로 마취에서 완전히 깨어나지 못해 비몽사몽인 아이가 처음 내뱉은 말은 "생일파티"였다. 수술 중에도 너는 생일파티 하는 장면 속에서 즐겁게 놀고 있었겠구나. 그 모습이 너무 귀여워 피식 웃음이 났다.

그런데 아침에 수술대기실에서 만났던 어린 아기의 할머니께서 여태 걱정스러운 얼굴로 수술실 앞을 서성이고 계셨다. 우리 아이가 수술실에서 회복실로 옮겨가고 또 회복실에서 병실로 옮겨가는 7시간이라는 긴 시간 동안, 그 공갈 젖꼭지의 아기는 여전히 수술실에 있다고 했다. "먼저 올라갈게요. 잘 될 거예요" 하며 인사를 나누고 병실로 가는 발걸음이 얼마나 무겁던지. 7살 아이도 오랜 시간 인공호흡기를 하고 있느라 입술이 터질 듯 부어올랐는데, 그 아기는 그렇게 긴 시간 동안 얼마나 힘들었을까. 그 뒤로 병원에서 그 아기를 보지는 못했는데 꼭 수술이 잘 돼서 아기가 기기 시작하고 걷기 시작할 때의 기쁨을 그 부모님께서도 꼭 누려보셨으면 좋겠다는 생각이 들었다. 물론 그렇게 됐을 것이다.

사실 지방 대학병원에 입원해 있을 때는 우리가 다른 아이들에 비해 아주 심각한 편에 속했다. 옆 침대의 엄마가 아이 어디가 아픈 거냐고 물으셨을 때 "척추에 종양이 있대요" 하면서 나는 울먹이고 그 엄마는 나를 토닥여주셨다. 복도에서 마주치는 아이들도 대부분 그리 무겁지 않은 일로 입원한 듯 보였다. 멀쩡하게 잘 걸어 다니고 뛰어다니는 아이들을 보고 있자니, 왜 우리에게 이렇게 고통스러운 일이 생겼을까, 때로는 그 상황이 참 원망스럽게 느껴지기도 했다.

그런데 서울대 어린이병원에 가 보니 상황이 완전히 다르다. 하루에 소아암 아이들을 몇 번이나 마주치고, 온갖 기계장치를 달고 있는 갓난아기들을 수도 없이 만난다. 갓난아기의 엄마들은 분유 젖병을 세숫대야에 모아두었다가 휴게실 개수대에서 그것들을 씻는다. 보호자 식은 비급여로 한 끼에 만 원씩이나 해서 엄두도 못 내니, 날마다 컵밥과 김으로 끼니를 때우며 아이들을 돌본다. 아기띠도 할 수 없는 갓난아기를 안고 링거 줄 가득 연결된 링거대를 잡고서 병원 복도를 서성이며 자장가를 불러준다. 집에 있는 다른 형제들과 영상통화 하는 모습들도 심심치 않게 본다. 전국 각지에서 모여, 가족들과 생이별한 상태로 힘겹게 지내는 사람이 이렇게나 많다는 걸, 내가 이곳에 직접 입원해보지 않았다면 아마 영영 모르고 살아갔을 것이다.

우리가 그저 아무 생각 없이 누려왔던 일들. 아이가 건강하게 태어나서 아이를 안아주고 뽀뽀를 하고, 젖을 먹이고, 내 집에서 편안하게 젖병을 씻어 소독하고, 이유식을 만들어 먹이고, 온 집안을 쑥대밭으로 만들며 기어 다니는 아이를 쫓아다니고, 걸음마를 시작하는 모습을 보며 손뼉 치고, 그 모든 것들이 결코 당연한 것이 아니라는 사실이 뼈저리게 다가왔다.

세 아이를 키우는 동안 아이들이 한 번도 병원에 입원해본 적이 없었고, 그 흔한 독감 한번 걸려보지 않았고, 만 원 이상의 병원비를 결제해본 적도 없었기에, 나는 하마터면 내 아이들의 건강에 대해서도 자만할 뻔했다. 내가 잘 키웠기에 아이들이 이만큼 아프지 않고 잘 자라고 있는 거라며 자긍심을 갖고 살아갈 뻔했다. 그런 마음가짐 자체가 아픈 아이들과 부모들에게 얼마나 상처가 될지 그때는 몰랐다.

아픈 아이의 엄마를 가장 힘들게 짓누르는 것은 '내가 잘못해서 이 아이가 아픈 것이 아닐까?' 하는 죄책감과 '내가 조금 더 신경 쓰고 더 잘 봤다면, 아이가 아프지 않고 조금 더 건강하게 자랄 수 있지 않았을까?' 하는 후회와 미련이다. 어쩌면 그러한 자책과 후회가, 아픈 아이를 바라보아야 하는 찢어지는 가슴보다도 더 엄마를 괴롭게 할 수도 있다는 것을, 내 아이가 진짜로 아파보기 전까지는 차마 알지 못했다.

임신했던 그때까지 거슬러 올라가며 이유를 찾으려 하고 병원에 좀 더 일찍 데려가지 않은 나를 질책하는, 그러한 마음들로 너무나 괴롭던 그때, 나를 일으켜준 한마디는 "괜찮을 거야. 정훈이 분명 좋아질 거야"라는 말이 아니라, "네 잘못이 아니야. 그 어떤 이유도 없어. 그냥 이 일이 너에게 온 것뿐이야. 자책하지 않아도 돼"라는 말이었다. 그 말 한마디에 나는 다시 일어섰고 힘을 내어 여기까지 왔다.

병원에서 만난 엄마들은 그 어떤 엄마들보다 강했다. 짜증 내고 불평하며 그 열악한 상황을 하소연하는 엄마를 보지 못했다. 겸허한 마음으로 묵묵히 아이들을 지키고 있었다. **우리가 일상 속에서 뿜어내는 짜증과 분노는 어찌 보면 사치에 가깝다는 것을, 건강과 사랑 그 이외 것들은 모두가 욕심이 될 수 있다는 것을. 아픔이 가득한 곳에서 깨닫고 또 배웠다. 그곳에 있던 아이들과 그 아이들을 지켜주던 엄마들이 세상에 희망을 전하고, 또 누군가의 희망이 되어주며 살아갈 것을 나는 믿는다.**

우리가 온전히 살아있고 함께 있음에 감사하며, 그동안 당연하게 여기며 누려왔던 그 모든 것들에 감사하기를. 더욱 낮은 곳을 바라보며 겸허해지기를. 삶이 힘겨워지고 불평하고 싶을 때, 그곳에서 힘내어 살아가고 있을 그분들을 떠올리기를. 그들을 보며 흘렸던 눈물을 기억하기를. 그곳에서 찾은 내 삶의 우선순위를 항상 생각하며 많은 이들이 보내준 응원과 기도, 아낌없는 사랑을 절대 잊지 말기를. 나 역시 누군가의 희망이 되는 삶을 살아가기를. 그리고 내가 아는 모든 이들이 날마다 건강하고 행복하기를. 온 마음을 다해 기도하며 오늘 하루도 매 순간을 의미 있는 시간으로 채워가리라 다짐해본다.

다시 찾아온
두 번째 터널 앞에서

※
※
※

아이의 정기 검진 결과를 들으러 서울 병원에 가는 날이었다. 지난 여름날 수술을 받고 일곱 달이 지난 후였다. 남편이 휴가를 내어 세 아이를 돌보고, 나 혼자서 기차를 타고 다녀오기로 했다. 아, 홀로 기차여행이라니! 아이 셋 엄마에게는 이런 날조차 설렘으로 가득 찬다. 그동안 나 정말 많이 애썼으니, 이날 하루쯤은 휴가처럼 즐기다 오자 싶었다.

“나 다음 주 수요일에 훈이 검사 결과 들으러 서울 가는데, 진료 시간이 2시라 시간이 좀 남아. 11시 반쯤 대학로에서 만나서 점심 같이 먹을래?”

“오 그래? 좋지. 좋지.”

병원만 들렀다 오기엔 아깝다는 생각이 들어 이미 서울 사는 친구와의 약속도 잡아놓은 터였다. 검사 결과 들으러 가면서 친구와의 만남을 설계하고 여행처럼 길을 나서다니. 참으로 나답구나. 오랜만에 친구와 만날 생각에 무척이나 설레고 즐거웠다. 혜화역에서 내려 대학로의 약속된 식당으로 걸어가는 발걸음이 가벼웠다. 뺨을 스치는 차가운 공기마저도 반가웠다. 맛있는 밥을 먹고 후식으로 커피까지 한 잔 마시고서야 우리는 다음을 기약하며 헤어졌다. 홀로 병원으로 향했다. 그제야 조금씩 긴장이 되기 시작한다.

'괜찮겠지. 괜찮을 거야. 수술한 지 얼마나 됐다고, 뭐 별일이야 있겠어?'

애써 마음을 다잡아 보지만, 심장박동은 어느새 템포를 조금씩 올리고 있었다. 드디어 내 차례다. '딱 2분만 견디자. "깨끗하네요. 3개월 후에 또 검사해 봅시다"라는 교수님 말씀 듣고 홀가분하게 내려가면 되는 거야' 하고 주문을 걸며 진료실 문을 조심스레 열었다.

"그동안 아이가 많이 아파하진 않았나요? 수술했던 자리에서 문제가 생겼어요. 재수술을 해야 할 것 같아요. 수술한 부위를 또 건드리는 것이라 첫 수술보다 조금 더 어려울 것이고, 수술 시간도 회복 시간도 더 길어질 수 있어요."

걱정은 됐지만 설마설마했다. 첫 수술만 끝나면 우리에겐 그저 아무 일도 없었다는 듯 평범한 일상이 찾아오리라 믿었다. 아이가 밤마다 깨서 진통제를 한 모금씩 먹고서야 잠이 들곤 했지만, 설마 그것이 수술 부위가 잘못된 이유 때문이라고는 단 한 번도 생각하지 못했다. 제법 큰 수술이었으니 그 상처가 아무는 데는 시간이 필요하다 믿었고, 나는 여전히 '괜찮겠지'라는 억척스러운 긍정으로 그 상황을 이겨내곤 했다.

아이는 그 무렵 밤잠을 많이 설쳤다. 낮에는 멀쩡하던 아이가 밤만 되면 '오줌 마렵다, 허리 아프다' 하며 다섯 번도 더 깨서 한참을 칭얼거리는 통에 남편도 나도 상당히 지쳐 있었다. 그마저도 잘 표현해주면 좋으련만, 아픈 건지 오줌이 마려운 건지 말도 없이 끙끙 앓기만 하니 보통 답답한 게 아니었다. 검사 결과를 들으러 서울행 열차를 타기 불과 몇 시간 전 새벽에도 어김없이 깨어 끙끙거리는 아이에게 "아픈 건지 어떤 건지 제발 말 좀 해달라고!! 말도 없이 끙끙거리기만 하면 너도 힘들고 엄마도 너무너무 힘들어!" 하며 소리를 지르고 짜증을 마구 쏟아부었다.

그것으로 나는 한층 더 괴로워졌다. '그러지 말걸. 조금만 더 인내하고 기다려줄걸. 한 번만 더 안아주고 토닥거려줄걸. 왜 그랬어 이 바보야. 그만큼 아팠던 건데, 정말로 아팠던 건데. 왜 또 그걸 헤아려주지 못하고 아이 마음을 아프게 한 거야' 하며 내 마음까지도 잔인하게 후벼 파고 있었다.

서울역으로 가는 지하철에서도, 대구로 내려오는 KTX 안에서도,

집으로 향하는 버스에서도 눈물은 하염없이 흘렀다. 목구멍에 커다란 돌덩이 하나가 목젖을 짓누르는 듯 목이 메어왔다. 눈물과 콧물로 흠뻑 젖어 축축해진 면 마스크가 몹시도 거슬렸지만, 그것이라도 있었기에 나는 조금 더 마음 놓고 울 수 있었다. 기차에서 내려 버스를 타러 가는데 신호등과 네온사인과 자동차 불빛들이 눈물 앞에서 이글이글 흔들렸다. 함께 울어주기라도 하는 듯 빗방울이 조금씩 떨어졌다. 그 빗방울마저도 나는 조금 슬펐다.

집 앞에서 한참 동안 집으로 들어서지 못하고 서성이다 '울지 말자. 울지 말자' 몇 번을 되뇌고서야 간신히 현관문을 열었다. 아이들이 밝은 모습으로 쫓아 나오며 반겨줬다. 아빠랑 문구점에서 이런저런 장난감을 샀다며 자랑을 늘어놓는다. "그래. 참 좋았겠다. 신나는 하루였겠네" 하는 나의 말끝이 파르르 떨렸다. 내 의지력이 발휘될 틈도 없이 눈물이 한가득 차올라 어느새 눈물 한 방울이 또르르 흘렀다. 막내가 그걸 발견하고는 "엄마 눈에서 땀이 나!" 한다. "땀이 나?" 하며 막내를 힘껏 안아주고 애써 미소를 지어 보였다.

머리가 아파 타이레놀 한 알을 입에 털어 넣고 이불을 깔고 누웠다. 아이들은 거실에서 깔깔거리며 참으로 잘도 논다. 이내 동생들에게 책 읽어주는 첫째의 또랑또랑한 목소리가 들렸다. '아 이토록 예쁘고 사랑스러운 아이들, 내 슬픔에 너희들의 웃음이 묻혀버리면 안 되겠구나'라는 생각이 스쳤다. 문득 그간 큰 위로가 되어주던 책 한 권이 떠올랐다. 그 책을 펼쳤고 공감 가는 구절을 읽고 또 읽으며 또박또박 베껴 썼다.

치료가 끝나고 몇 년 후에 아이에게 앞날이 두렵지 않았는지를 물어본 적이 있다. 그때 아이는 이렇게 대답했다.
"엄마, 난 한 번도 낫지 않을 거라고 생각해본 적이 없어. 낫지 않은 사람을 본 적이 없고 이 병 때문에 죽은 사람을 한 명도 못 봤어."
내가 기억하는 죽음만 해도 50명이 넘는데, 나는 한순간도 죽음의 두려움에서 벗어나지 못했는데, 아이는 나와는 완전히 다른 감정적 기억을 가지고 있다니. 그러니 아이 키우는 엄마들은 무엇보다 감정을 관리하는 데 신경을 써야 한다. 아이 앞에서 불안해하지 말 것. 아이 앞에서 두려워하지 말 것. 아이 앞에서 슬퍼하지 말 것. 엄마의 부정적인 감정은 아이 모르게 할 것.
- 김경림, ≪나는 뻔뻔한 엄마가 되기로 했다≫

비슷한 상황에 놓였던 누군가가 전해주는 메시지는 실로 대단히 큰 것이었다. 한 글자 한 글자 눌러쓰는 동안, 물기 가득 머금은 솜처럼 무거웠던 내 마음이 조금씩 보송보송해짐을 느꼈다. 필사를 마친 후, 그날 하루 끔찍하게 고통스러웠던 순간, 그리고 아이의 낭랑한 목소리로부터 행복을 발견해낸 그 순간의 모든 감정을 글로 차분히 써내려갔다.

'지금 이 순간순간에 감탄하기. 아이의 웃음소리와 생기를 마음속

깊이 감사하며 고이고이 간직하기. 두려움이 파도처럼 밀려와도 아이에게만큼은 내색하지 않기. 더 많이 웃어주기. 즐거운 일, 신나는 일 더 많이 발견해내기'와 같은 스스로와의 약속도 길게 써내려가 본다. 그리고 나를 강하게 일으켜 세울 무한한 힘을 얻는다.

그날 밤에도 아이는 여전히 잠을 설쳤고, 아픈 허리를 부여잡으며 끙끙거렸다. 여느 날과 다름없이 잠을 깊게 못 잤지만, 이제는 아이에게 짜증을 쏟아낼 이유가 없어졌다. 그저 이 아이가 내 곁에 있음에 감사하며 아이를 꼭 안아줬다. 그리고 엄마가 곁에서 꼭 지켜줄 테니 걱정하지 말라고 나지막이 속삭였다. 아이는 이내 잠이 들었고, 나는 아이와 함께 달리기 경주를 하는 꿈을 꾸었다. 그 어느 날보다 평온한 밤이었다.

엄마가 웃으니 아이도 웃네요

아이들이 곤히 자는 모습은 참으로 신비롭기만 하다. '제발 좀 자라. 제발 좀!' 하며 주문을 마구 외다가도, 아이가 꼭 잠들고 나면 아이가 더 궁금해지고 더 보고 싶어지는 이 이상한 심보는 무엇인지. 이 아이들의 머릿속은 어떤 생각들로 가득 차 있을까, 오늘 하루는 즐겁고 행복했을까, 지금은 어떤 꿈을 꾸고 있을까, 이 작은 손과 통통한 허벅지를 언제까지나 볼 수 있을까, 괜히 잠든 아이들의 허벅지를 주물러 보기도 하고 작디작은 귀여운 손을 만지작거려보기도 하며 감성에 젖어본다. 어쩜 이렇게 귀하고 예쁜 천사들이 내게 왔는지 여전히 신기하고 벅찬 이 마음을 아이들은 알까?

잠자는 아이들의 평화로운 표정만큼 내 마음도 언제나 평정심을 유지할 수 있다면 참 좋으련만. 아이의 두 번째 수술을 앞두고 내 마음은 수시로 롤러코스터를 타며 흔들렸다. 아이가 처음으로 아픔을 호소했던 날, 그리고 비명을 지르며 잠에서 깨던 그 날들이 하나둘 떠오르면서 마음은 수시 때때로 괴로움의 나락으로 빠져들었다.

과거를 돌이키고 곱씹을수록 잘했던 나보다 잘못했던 내가 더 많이 보이니 나 자신이 한없이 미워질 수밖에. 분명 나는 그 순간 최선을 다했고 한순간도 아이를 사랑하지 않은 적이 없었던 것 같은데, 결과만 보면 나는 참 무지했고 무심했던 엄마일 뿐이었다.

내 안에 이 몹쓸 마음들이 눌러앉아 있을 때, 그곳은 지옥이나 다름없었다. 아이의 해맑은 웃음조차 슬픔으로 다가왔다. 지난 과거가 미치도록 후회스럽고, 미래가 숨 막히게 두렵고, 아이가 안쓰러워 견디기가 힘들었다. 잠을 청해봤지만 어지러운 생각들이 나를 졸졸 따라다니며 잠을 잘 수 없게 만들었다.

방을 스르르 빠져나와 노트북을 켰다. 그리고 내 마음속을 가득 채우고 있는 새까만 감정을 있는 그대로 노트북 하얀 도화지 위에 빼곡하게 쏟아냈다. 자책, 후회, 의심, 불안의 감정들을 억지로 꾹꾹 눌러 담아 놓지 않고, 그저 수도꼭지에서 물이 콸콸 쏟아져나오듯 그렇게 흘려보냈다. 그것은 너무나도 고통스러운 과정이었지만, 볼을 타고 흘러내리는 눈물과 함께 내 마음은 조금씩 조금씩 가벼워지기 시작했다. 다시 맞서볼 용기가 생겨났다. 가만히 두면 절대로 그냥 사라지지 않고, 쥐도 새도 모르게 나에게 다가와 한 자리를 떡하니 차지하고 있는 고약한 녀석들. 이 녀석들이 들어올 공간을 아예 없애버리자 싶었다. **그 공간을 없애는 방법은 오직 하나! 내 마음을 '지금 이 순간의 기쁨과 감사'로 가득 채워버리면 되는 것이었다.**

'그래, 웃을 일을 내가 직접 만들어보는 거야!'

그렇게 마음먹고 얼마 지나지 않아 첫째의 몸무게가 20kg을 넘어섰다. 또래 친구들의 평균치에는 전혀 못 미치는 몸무게였지만, 우리에겐 아주 커다란 의미로 다가오는 숫자였다. 첫 수술을 할 무렵 16kg까지 빠져서 눈에 띄게 야위어진 몸이 참 안타까웠었다. 그래서 이전보다 더 잘 먹고 잘 회복해서 20kg을 넘기는 날 신나게 파티를 하자고 약속했었다. 수시로 재어보던 몸무게가 드디어 목표를 달성하자, 우리는 환호성을 지르며 '20kg 돌파 기념' 축하 파티를 열었다. 작은 케이크에 초를 꽂아 있는 힘껏 웃고 노래를 부르며 그 순간을 만끽했다. 아이가 뭐든 골고루 잘 먹고 몸무게도 쭉쭉 잘 늘어나고 있으니 두 번째 수술은 더욱더 잘 이겨낼 수 있을 것이라는 믿음을 가득가득 채웠다.

두 번째 수술 날짜가 초등학교 입학을 앞둔 2월 중순으로 잡혔기에 입학식에 갈 수 있을지 없을지, 학교에 다닐 수 있을지 없을지 모든 것이 불투명한 상황이었다. 하지만 일단 아이의 책가방을 장만했다. 예쁜 토끼 인형이 달린 파란색 책가방을 아이는 무척이나 좋아했다. 상기된 얼굴로 책가방을 메고서 온 집안을 누비고 다녔다. 그런 아이의 손을 잡고 학교에 가는 모습을 머릿속에 생생하게 그려 봤더니, 모든 일이 잘 풀려서 상상한 장면이 그대로 실현될 것만 같았다.

수술을 위해 병원에 입원해야 하는 날이 마침 셋째의 생일이어서 생일파티도 미리 했다. 함께 케이크를 만들고 쿠키를 구워서 생일상을 차리고 신나게 생일축하 노래를 불렀다. 핸드폰 카메라에 타이머를 설정해서 온 가족이 다 함께 머리 위로 하트를 그리며 사진도 찍었다. 사진 속 우리 가족의 모습은 참으로 행복해 보였고, 실제로 더없이 행복했다. 파티 후에는 이불을 잔뜩 꺼내 해먹 놀이를 했다. 온 집안이 떠나도록 깔깔 웃으며 신나게 놀았다.

하고 싶은 일은 더 이상 미루지 않기로 했다. 간절히 원하는 것이 있다면 '나중에' 말고 '지금 당장' 하자고 마음먹었다. 당연히 모든 일은 좋은 쪽으로 흘러갈 테니, 그 믿음 하나로 제주도 한 달 살기 숙소를 예약했다. 첫 수술로 입원했을 때 "정훈이 다 나으면 어디를 제일 먼저 가 보고 싶어?"라고 물어봤더니, 아이는 제주도에 가 보고 싶다고 했었다. 나 또한 아이들이 자유롭게 바닷가로 뛰쳐나가 신나게 뛰어노는 모습을 늘 마음속으로 그려 왔다. 하지만 그 꿈은 줄곧 '아이들이 조금만 더 크면…'이라는 생각에서 멈춰 버리곤 했다. 큰일을 겪고 보니 이제는 알 것 같다. 마음속 꿈은 꿈으로만 그쳐 버릴 수도 있다는 것을. '나중에'를 꿈꾸며 미뤄오던 그 날은 우리에게 영영 오지 않을 수도 있다는 것을. 그러니 이제는 더 이상 미루지 않기로, 할 수 있을 때 그 꿈을 과감히 실행하기로 했다. Why not? 안 될 것 없잖아? 아이와 함께 설렘으로 그날을 그렸다.

단순히 '다 잘 될 거야'라는 막연한 그림 대신, '제주도 한 달 살기'와 같은 선명한 그림을 그려 넣었고, '지금 충분히 행복하잖아'와 같은 막연한 긍정 대신, 케이크에 초 꽂아 파티를 열고 해먹을 만들어 한바탕 깔깔 웃었다. 일부러라도 활짝 웃는 사진을 찍고 글을 남기며 이 순간에 온전히 살아있음을 증명하려 애썼다. 그렇게 내 마음을 좋은 생각, 행복한 생각들로 가득 채우자, 나를 괴롭히던 몹쓸 마음들이 저 멀리 달아나고 있음이 느껴졌다. 눈물 가득 고인 눈이 아닌 웃음기 가득한 눈으로 아이를 바라봤더니, 아이는 자기가 얼마나 아픈지도 잊은 채 있는 힘껏 웃어줬다. 엄마가 웃고 아이가 웃고 또다시 엄마가 웃게 되는 선순환.

그 선순환 속에서 우리는 오늘도 내일도 더 많이 웃을 것이다. 더 많이 웃을 것이기에 모든 것은 다 잘 될 것이다. 그 믿음과 웃음이 힘겨운 시간 내내 나를 오롯이 지탱해줬고, 앞으로도 분명 그럴 것이라 믿는다.

아이에게 믿음을 전해줘야 할 단 한 사람 '엄마'

※
※
※

두 번째 수술은 무사히 잘 끝났고 따뜻한 봄도 어김없이 찾아왔다. 햇살이 유난히 눈부시게 내리쬐던 날, 아이와 나는 MRI 검사 차 서울행 기차에 올랐다. 엑스레이 검사는 부담이 없어서 편하게 여행하는 기분으로 병원에 다녀올 수 있는데, MRI 검사는 며칠 전부터 긴장이 많이 된다. 병원에서는 수면유도제를 먹이고 재워서 촬영할지, 그냥 촬영할지 우리에게 선택권을 넘겨줬다. 8살이라는 나이가 MRI 검사를 홀로 감당하기에는 너무나 힘들 것 같기도 하면서, 수면유도제를 먹이자니 20kg이 넘는 아이에게는 약 효과가 잘 듣지 않는다는 어려움도 있다. 잠이 깊이 들지 않을 때는 추가적인 약 투입도 감당해야만 하며, 잠에서 깨어나 몇 시간 동안 비몽사몽의 투정을 받아주어야 한다는 힘겨움도 있고 말이다.

"정훈아, 지난번에 펭수 귀마개 하고 동굴 같은 곳에 들어가서 사진 찍었던 거 있지? 쿵쿵거리는 소리 엄청 크게 들리던 거 말이야. 오늘 그거 찍을 거야. 너무 무서우면 잠자는 약을 먹고 찍으면 되고, 정훈이가 할 수 있을 것 같으면 안 자고 그냥 찍어도 돼. 어떻게 했으면 좋겠어?"

"그거 약 엄청 쓰잖아. 약 먹고 나서 물도 못 먹고."

"맞아. 물을 못 먹지. 그래서 지난번에 좀 힘들었지?"

"응. 나 오늘은 그냥 해볼래."

"정훈이 지난번에 찍다가 중간에 힘들어서 그만두고 나온 게 12분 정도였어. 30분 정도 참고 누워있어야 하는데 괜찮겠어?"

"응. 할 수 있을 것 같아."

병원에 도착하니 예약 시간까지 40분 정도가 남았기에, 우리는 손을 잡고 병원 이곳저곳을 산책했다.

"엄마, 여기 지난번에 수술했을 때 엄마 아빠랑 휠체어 타고 나와서 사진 찍었던 곳이네."

"와! 맞아. 그게 벌써 1년 전인데. 정훈이 7살 때였잖아. 수술 마치고 엄청 힘들 때 나왔는데도 잘 기억하네."

"우리 여기 분수대 쪽에도 왔었잖아. 그때 이렇게 꽃이 있었던가. 엄마, 이것 봐. 이 꽃은 꼭 얼굴처럼 생겼어."

가만히 들여다보니 정말 그랬다. 노란 꽃잎 위에 까만 점이 4개 찍힌 모습이 꼭 얼굴 같기도 했다. 아이가 아니었다면 발견하지 못했을 꽃의 생김새. 느리게 걸으며 함께 감탄할 수 있는 그 순간이 참 좋았다.

"우와! 분수에 무지개가 떴어!!"

자세히 들여다보니 정말 그렇다. 퐁퐁 솟아오르는 분수의 물방울들은 햇빛을 받아 유난히 더 반짝거리고 그 사이로 수줍게 무지개가 살포시 떠 있었다. 경이로운 장면들. 나는 그동안 얼마나 많은 풍경을 놓치며 살고 있었을까. 아이의 눈을 통해 발견하게 된 노란빛 예쁜 꽃도, 물방울 사이 신비로운 무지개도, 분수를 바라보며 서 있는 내 아이도, 모두가 따듯한 햇살 아래 밝게 빛나고 있었다. 다시 병동을 향해 가는 길, 목도 마르고 배도 고팠다. 그러고 보니 집에서 나와서부터 물 한 모금 마시지 못했다.

"엄마, 나 배고파."
"배고프지? 엄마도 배가 고프네."
"엄마는 먹어도 되잖아."
"엄마 먹으면 정훈이도 먹고 싶어지잖아. 그러니 엄마도 참을래. 검사 잘 끝내고 우리 같이 맛있는 거 먹자. 검사받는 동안 먹고 싶은 거 생각해봐. 알았지?"

"응. 엄마 나 그런데 용기가 잘 안 나."

"무서울 것 같아? 그지. 엄마라도 그럴 것 같아. 대신 엄마가 용기를 많이 선물해줄게. 쿵쾅거리는 소리 때문에 무서우면 계속 좋은 생각을 떠올려봐. 검사 마치고 맛있는 거 뭘 먹을지, 집에 가서 어떤 레고 블록을 가지고 놀지, 제주도 가서 뭐하며 놀지 이런 것들 말이야. 그렇게 좋은 생각들 계속 떠올리다 보면 어느 순간 끝날 거야. 잠이 오면 자도 돼."

용기를 선물해주겠다며 아이에게 이런저런 말을 해주고 있었지만, 그런 나 역시도 온몸이 긴장되는 건 어쩔 수 없었다. 하지만 내가 긴장하는 모습을 보이면 아이는 더 많이 두려워할 터. **나는 떨리는 내 마음을 아이에게 들켜서는 안 될, 분명히 잘해낼 것이라는 강한 믿음을 품고 그 마음을 오롯이 아이에게 전해줘야 할, 엄마였다.** 아이 손을 더욱 꼭 잡아줬다.

긴장되는 기다림 끝에 드디어 아이의 차례가 되어 검사실로 들어섰다. 검사대에 가볍게 누운 아이는 동굴 속으로 쏙 들어가고 나는 아이 발목을 잡아주며 곁에 있어 줬다. 눈을 감고 좋은 생각을 떠올리라며 한 번 더 일렀다. 아이는 고개를 끄덕이고는 평화롭게 눈을 감고 있었지만, 호흡할 때마다 가슴과 배가 엄청 높이 솟았다. '긴장을 많이 하고 있구나' 내 마음도 함께 긴장감으로 들썩였다. 쿵쾅거리는 소리는 끝도 없이 계속됐다.

"엄마 몇 분 남았어?"
"20분 남았어. 조금만 더 힘내자."

힘내자는 말에 아이는 고개를 끄덕끄덕한다. 그것이 몇 번 반복되자 촬영 담당 선생님께서 들어오셔서 두 개의 영상이 모두 흔들렸다고 했다. 이대로는 촬영을 해봤자 소용이 없다며, 아무래도 수면 촬영을 하는 게 좋겠다고 말씀하셨다.

"아니에요. 지금까지 너무 잘 견디고 있었는걸요. 한 번만 더 해봐요. 부탁해요, 선생님."

무너질 것 같은 마음을 다잡으며 선생님께 사정했다.

"정훈아 조금만 더 하면 돼. 이제 엄마한테 몇 분 남았는지 묻지 말고 조금만 더 힘내보자. 할 수 있지?"

또 한 번 고개를 끄덕끄덕한다. 하지만 그게 마음처럼 쉬운 여정이 아니라는 걸 누구보다 잘 안다. 끝나는 시간까지 몇 번이나 고비가 있었다. 입술이 움찔움찔 파르르 떨리고 가슴 쪽이 빠르게 오르내리며 곧 울음이 터질 것 같은 순간. 그것을 터뜨리지 않으려고 저 스스로 얼마나 어금니 깨물고 노력하고 있는지도 내 눈에 다 보였다.

'이대로 허무하게 끝나면 안 돼. 얼마나 많이 노력했는데. 울지 않으려고 네가 지금 얼마나 노력하고 있는데. 이제 정말 얼마 안 남았어. 조금만 더 힘내자 훈아.'

아이의 힘겨움과 두려움이 나의 온몸으로 느껴지는데, 내가 할 수 있는 일이라고는 고작 아이의 발목을 잡아주는 일, 그리고 아이를 향해 있는 힘껏 희망의 목소리를 전해주는 일, 그것뿐이었다.

"정훈이 잘하고 있어. 이제 5분 남았어. 정말 금방이야. 울지마. 울지마. 고개도 끄덕하지 말고 가만히 가만히. 조금만 더 참으면 돼. 노래 3곡이면 끝나. 이제 2분 남았어. 이제 숫자 100까지만 세어볼까? 다 왔어. 금방이야. 울지 말자."

언제 끝날지 모르는 막연한 시간 속에, 남은 시간이 줄어드는 것이라도 알면 조금이나마 희망이 될까. 쿵쾅거리는 소리 너머로 고래고래 소리 질러 아이의 흐느낌을 잠재우고자 애를 썼다. 그리고 아이는 정말로 잘 참아줬다. 시계를 보니 딱 30분이 흘렀다. 시간이라는 것은 얼마나 상대적인 것인지. 평소 같았으면 눈 깜짝할 사이에 공중으로 흩어져버렸을 그 짧은 시간이, 300분처럼 길게만 느껴지는 깜깜한 시간이 될 수도 있다니. 검사가 끝났다며 검사실 문이 열리는 순간 온몸에 힘이 풀리며 두통이 확 올라왔다. 아이도 진이 다 빠진 모습이었다.

밤에 화장실 가는 것이 무섭다고 거실에 불도 끄지 못하게 하는 아이, 아파트 지하주차장이 어두워 무섭다며 지상에서 차를 기다리고 있겠다는 아이, 아빠가 늦게 들어올 때면 "아빠 없으니까 좀 불안해"라고 말하며 무서워하는 아이, 그렇게 어두운 것을 극도로 싫어하며 두려움도 많고 겁도 많은 아이이다. 그러하기에 더더욱 이 검사를 이겨내 준 아이가 너무나 대견하고 자랑스러웠다.

실컷 고생만 하고 또다시 수면 약을 먹어야 하면 어쩌나, 하루 안에 검사를 못 끝내면 어쩌나, 정말 애를 많이 태웠는데 무사히 잘 끝나서 얼마나 다행인지 모른다. **결국은 해낼 것이라는 엄마의 믿음 위에, 어렵게 내어준 아이의 용기가 더해져 그 힘겨운 관문을 무사히 통과해 냈으리라.** 아이의 마음속에도 용기와 자신감의 싹들이 조금씩 더 피어났으리라.

병원 로비에는 우리를 응원해주려 멀리서 달려와 준 친구가 기다리고 있었다. 친구와 함께 이야기를 나누며, 온몸에 가득 묻은 긴장감을 탈탈 털어내었다. 그리고 가벼운 발걸음으로, 맛있는 것을 먹으러 병원 문을 나섰다. 친구가 사준 밥은 정말 꿀맛이었다.

엄마는 행복해 보여, 그걸로 충분해

서울로 검진을 가던 어느 날, 기차에서 책도 읽고 종이접기도 하며 시간을 잘 보내던 아이는 서울역 도착하기 20분쯤 전에 곤히 잠이 들었다. 많이 피곤했나 보다. 곧 서울역에 도착한다는 알림 방송이 크게 흘러나오고 있었지만 아이는 쉬이 깨어나지 못했다. 배낭을 메고 심호흡을 한 번 한 뒤 아이를 들쳐 안았다. 배낭 속에는 내 노트북, 내 책 한 권, 아이 읽을 책 한 권, 종이접기 책 한 권, 색종이에 텀블러까지 빼곡하게 들어있어 제법 묵직하다. 거기에다 축 처져 잠든 아이를 안고 지하철역까지, 또 지하철역에서 병원까지 걸어가고 있으니 계단은 또 얼마나 많은지 헉 소리가 절로 날만큼 힘이 들었다. 다리가 후들후들 떨리고 숨이 가빠왔다. 헉헉거리는 숨찬 호흡이 아이 귀에 제법 크게 들렸나 보다.

병원 입구쯤에서 아이가 잠에서 깨어 실눈을 뜨며 나지막이 속삭였다.

“엄마 계단 같은 거 나오면 얘기해줘. 내가 걸을게.”

“정훈이 깼어? 걸을 수 있겠어?”

“응.”

아이의 작은 배려에 눈시울이 뜨거워졌다. 그날따라 진료를 마칠 때까지도 힘이 없기에, “우리 밥 한 그릇 먹고 갈까?” 하니 좋다고 한다. 병원 내 식당에서 아이가 좋아하는 전복 미역국을 한 그릇 시켜 함께 먹었다. 밥을 먹으면서 이런저런 이야기를 나누다 문득 1년쯤 전에 마음속에 새겨 두었던 한 문장, ‘좋은 엄마 말고 행복한 엄마가 되자’라는 말이 생각나서 질문을 한 번 던져봤다.

“정훈이는 엄마가 힘들어 보여? 아니면 행복해 보여?”

“음…. 엄마는 행복해 보여.”

“그래? 어떤 점이 행복해 보일까?”

“기차에서. 엄마랑 같이 기차 탈 때 나도 행복하고, 엄마도 행복해 보여.”

아이를 안고 헉헉거리던 하루, 아이 눈에 비친 엄마의 모습이 마냥 힘들기만 한 모습이면 어쩌나 내심 조마조마했는데, 그럼에도 행복한 모습이라니. 엄마가 힘들어하면 아이가 자기 때문이라는 죄책감을 쌓아갈까 봐, 엄마가 힘든 모습을 보이면 아이가 더 많이 힘들어할까 봐, 아이의 발병 소식을 접한 이후로 지금까지 최대한 밝게 아무 일 없다는 듯 보내왔던 시간이 주마등처럼 스쳐 지나갔다.

계란을 굽다가 눈물이 차오르던 그때에도 화장실 가서 세수하고 돌아와 애써 웃는 모습으로 계란을 내어줬고, 생전 처음 해보는 입원 생활에 힘겨운 수술과 검사들로 마음이 미어지는 그 순간에도 더 맛있게 밥 먹는 모습을 보여주며 힘을 내었다. 그저 자기만을 위해 헌신하는 엄마가 아닌 엄마의 일도 잘 찾아가는 엄마로 보이고 싶어, 병원 가는 기차 안에서도 병실에서도 깨알같이 노트북과 책을 펼쳐 들며 엄마 삶을 멋지게 살고 있음을 보여주려 노력했다. 아이 눈에 자기의 일로 힘들어하고 걱정하며 전전긍긍하는 엄마가 아닌, 씩씩하고 즐거운 엄마로 비추어지길 기대했다.

"엄마, 노트북으로 뭐 하는 거야?"

"엄마 책 쓰고 싶어서 글 쓰는 거야. 이렇게 글을 써서 채워가다 보면 책이 된대. 신기하지?"

"우와 진짜 신기해! 나도 해보고 싶어!"

아이의 눈이 반짝거렸다. 병원을 오가며 아이와 단둘이 함께하던 그 모든 시간을 어떻게 놀아줄까 고민하며 애쓸 필요가 없었다. 나의 활동을 찾아가니 아이도 책을 펼쳐 읽고 그림도 그리며 나름 자기만의 시간을 알차게 가꾸어 갔다.

아이가 큰 수술도 잘 이겨내고 회복도 너무나 잘하고 병원에도 정말 씩씩하게 잘 다니고 있다며 "역시 아이는 어른보다 훨씬 더 강한 것 같다"라고 블로그에 글을 남긴 적이 있었는데, 그때 한 분이 이런 말씀을 해주셨다.

"아이가 어른보다 훨씬 더 강해서가 아니고요, 엄마가 너무너무 강하게 아이를 지켜주고 있으니 아이가 별일 아닌 듯 이 시간을 보내고 있는 겁니다. 엄마의 몸과 마음이 너무너무 많이 애쓰고 있어서 그런 거라고요. 그러니 엄마가 더, 더 힘내세요"라고.

그랬구나. 나 정말 많이 애쓰고 있었구나. 그 애씀을 아이에게만큼은 들키지 않으려고 부단히 더 애쓰고 있었구나. 그깟 허리 종양쯤 아무 일도 아닌 것처럼, 힘겨운 치료의 여정들도 그저 엄마랑 단둘이 여행하는 것처럼 느끼게 하려고 나 부단히 노력하고 있었구나. 더 많이 웃어주고 더 밝게 이야기해주고 그렇게 했던 노력이 빛을 발하여 아이는 정말 그 과정들을 큰일이 아닌 것처럼 여기며 씩씩하게 잘 다녀주고 있었던 거구나. 그렇게 애써 온 나 스스로에 대한 애잔함이 밀려와 눈물이 왈칵 쏟아졌다.

어떠한 고통이 찾아와도 곳곳에 존재하는 행복을 발견해내고야 마는 것. 그것은 진정한 나다움의 발현이다. 검사 결과를 들으러 가는 긴장되는 순간에도 여행처럼 친구를 만나고, 아이가 수술을 받는 동안에도 초조함으로 수술실 앞을 서성이기보다 맛있는 밥을 사 먹고 카페에서 차를 마시며 그 시간을 희망으로 채우고, 파티를 하고 또 여행계획을 세우며 나는 수많은 두려움을 걷어내고 조금 더 웃을 수 있었다. 엄마가 평소 엄마다운 모습으로 생을 즐기며 웃는 모습을 보이자, 아이도 많은 순간을 별일 아닌 듯 잘 견뎌냈다. 7시간이 넘는 두 번째 큰 수술을 잘 이겨냈고 놀라운 치유력으로 회복도 잘해줬으며 제주도 한 달 살기 여행도 무사히 잘 다녀왔다.

여전히 때때로 불안함이 엄습하고 두려움으로 심장이 조여오기도 한다. 그럴 때면 주저앉아 생각의 꼬리를 물고 늘어지기보다 책을 펼쳐 읽고 글을 쓴다. 정갈하게 정리한 식탁 위에 책과 커피를 올려두고 사진을 찍는다. 프레임 밖 세상의 어지러움과 혼란을 잠시 잊고, 내가 찍은 프레임 안에서의 행복을 만끽하며 오롯이 그 시간을 누린다. 아이의 발병 소식에 힘들어할 때 이웃님께서 들려주셨던 한 마디, "아이는 전쟁 속에서도 엄마 품 안에서 행복하다"는 그 말을 마음속에 늘 새기고 다닌다.

그 어떤 힘겨운 상황 속에서도 단단하게 지켜주는 엄마 품만 있다면 아이는 얼마든지 행복할 수 있다는 그 말을 믿으며 나는 오늘도 부단히 내 삶을 가꾸어 간다. 나 자신의 삶을 아름답게 꾸려갈 때 아이를 지켜줄 단단함 또한 굳게 다져질 수 있음을 믿기에 부지런히 나의 활

동을 이어가며 나를 채운다. 그리고 그곳에서 얻은 에너지로 온 마음을 다해 아이를 향하여 웃음을 건넨다. 아이들이 그 웃음 속에서 '행복한 엄마'의 모습을 발견해내고, 엄마의 뒷모습을 보며 자신들의 행복도 잘 가꾸어 갈 수 있다면, 나는 더 바랄 것이 없겠다.

| PART 2 |

육아 갈등이 시름시름 깊어가는 순간에도

- 다시 오지 않을 지금을 더욱 사랑하기 -

형제란 끝나지 않는 타이틀 매치

나이 터울이 적은 우리 삼 형제 정훈이, 지환이, 상윤이는 어려서부터 늘 엄마 아빠의 옆자리 쟁탈전을 벌여야 했고, 무엇이든 나누거나 양보해야만 하는 운명공동체였다. 형제가 잘 어울리는 예쁜 모습을 볼 수 있다는 건 부모에게 있어 둘도 없는 축복이지만, 아이들 각자에게 특별한 사랑을 전해주지 못해 마음 아프고 안타까웠던 고통의 순간 또한 엄연히 존재했으니. 열 손가락 바늘로 찔러 아프지 않은 손가락이 있을까. 둘째가 막 태어났을 때는 첫째가 너무 짠해서 제일 아픈 손가락처럼 느껴지더니, 어느 순간에는 둘째가, 또 어느 순간에는 셋째가 가장 아픈 손가락이 되기도 했다.

둘째를 임신하고 보니 정말이지 첫째 때와는 차원이 달랐다. 입덧도 심했던지라 혼자 몸을 건사하는 것도 보통 일이 아니었는데 돌이 갓 지난 첫째까지 챙기려니 몸이 여간 힘든 게 아니었다. 태교다운 태교는 생각조차 할 수 없었고, 하혈도 두 번이나 해서 가슴이 철렁하기도 했다. 아기가 뱃속에서 스트레스를 많이 받았는지 32주 무렵부터 몸무게가 잘 늘지 않더니, 36주가 되자마자 급격한 진행으로 엄마 뱃속을 탈출해 버렸다. 2.6kg을 간신히 넘긴 작은 몸으로 신생아실에 누워있는 모습을 보니 다른 아기들에 비해 얼마나 작고 앙상하던지. 마치 내가 잘 지켜주지 못해 그런 것만 같아 참 안타깝고 미안한 마음이 들기도 했었다.

작은 몸으로 태어난 탓에 젖을 배불리 잘 먹지 못해서인지 아이는 유난히 잘 깨고 예민했다. 조리원에서 체구는 가장 작았으나 울음소리는 제일 컸다. 방에서도 우리 아이인지 알아차릴 수 있을 정도로 악을 쓰며 울기로 유명했다. 집으로 와서도 밤만 되면 아파트가 떠나가도록 울었고 한 번 울기 시작하면 웬만해서는 잘 달래지지 않았다. 그런 날이 계속되자 은연중에 자꾸만 첫째와 둘째를 비교하게 된다.

'정훈이는 이런 적이 없었는데!, 배고플 때 말고는 마구 울고 그런 적도 잘 없었는데, 목욕할 때도 한 번도 울지 않고 온순했는데, 지환이는 참 성질이 까다로운 것 같다' 하면서.

그러다 어느 날 첫째가 아기일 때 만든 앨범을 펼쳐 보게 됐는데,

그 사진을 보다가 문득 커다란 깨달음이 왔다. 첫째가 아기일 때는 태어나는 그 순간부터 얼마나 많은 사진을 찍어줬었는지, 24시간 그저 아이만 바라보고 있었다 싶을 만큼 온 관심이 아이에게 쏠려있었다. 그러니 첫째는 순할 수밖에 없었구나. 엄마, 아빠가 곁에서 항시 대기하며 아이의 부름에 곧바로 답해주고 배려 깊게 반응해주고 수시 때때로 안아주고, 늘 옆에서 놀아주며 "엄마, 아빠가 늘 너의 옆에 있노라" 알려줬으니 울 필요도 울 겨를도 없었던 것.

둘째에게 너무너무 미안해졌다. 젖먹는 시간 외에는 내내 아기침대에 누워 혼자의 시간을 견뎌야 했던 우리 아가. 잘 쳐다봐주지도 못하고 사진 한 장 제대로 못 찍어주고, 온전히 교감할 수 있는 유일한 시간인 젖먹는 순간조차도 엄마는 형을 신경 쓰며 빨리 못 빤다고 답답해하고, 다 먹기가 무섭게 내려놓고 형에게 가버리고, 울어도 제때 달려가 주지 못하니 넓은 방에 덩그러니 혼자서 한참을 울어야 하고, 그러니 더더욱 악을 쓰며 울 수밖에 없었을 텐데, 엄마와 아빠는 그런 아이를 보며 까다롭다고….

어쩌면 밤마다 그렇게 안 자고 예민하게 굴었던 것도 낮 동안 관심 안 가져줬으니 밤에라도 마음껏 자기 바라봐주고 안아달라는 표현이 아니었을까. 그걸 알면서도, 그리 안타까운 생각이 들면서도, 밤새 잠 한숨 제대로 못 자고 둘째와 씨름하다 보면 못난 엄마는 갓난쟁이 아기에게 또 짜증을 한가득 퍼부어대고 있었다. 도대체 왜 이렇게 우냐고. 제발 좀 자라고. 그러고는 또 반성하고 사과하기를 반복한다. 그러다 첫째의 앨범에 자극받아, 둘째와의 첫 셀카를 시도해봤다. 생후 한 달이 돼서야 처음으로 찍어보는 둘째와의 셀카. 이게 뭐라고 잠깐 사진 찍는 이 여유조차 내지 못했을까. 그때의 내 모습은 활짝 웃고 있지만, 그간의 애씀이 느껴져 어쩐지 조금 짠하기도 하다.

첫째와 둘째의 욕구를 모두 충족시켜주고 싶은 마음은 굴뚝 같은데 그럴 수 없어 마음이 너무 괴롭고 힘들었던 시간들, 방법을 찾을 길 없어 첫째와 둘째 사이에서 발 동동 구르며 애태웠던 시간들, 앞으로는 둘째를 안고 뒤로는 첫째를 업어주어야 하는 고된 상황 속에서도 두 아이 모두에게 미안한 마음 감출 수 없었던 시간들, '그때로 돌아간다면 나는 과연 더 잘할 수 있을까? 조금은 더 가벼운 마음으로 육아를 할 수 있을까?' 질문을 던져보지만, 자신 있게 그렇다고 대답할 수가 없다. 육아에 아무리 노련해진다고 한들, 그때 그 상황이 결코 쉬워질 것 같지는 않다. 그 어떤 육아 전문가가 오더라도, 전시상황 버금가는 19개월 터울 형제 육아의 현장에서 마음의 여유를 찾기란 쉽지 않은 것이다.

그러니 그때 아이들에게 많은 것을 못 해준 것에 대해 너무 미안해하지도 자책하지도 말자. 결국은 부대낄 수밖에 없는 운명공동체다. 그때의 나는 비록 서툴렀지만 매 순간 최선을 다했고, 날마다 더 잘하고 싶어 고민했고, 그 과정에서 소소한 깨달음들도 얻었으니, 그

시간은 나에게도 아이들에게도 충분히 괜찮은 시간이었다고. 서로에게 조금씩의 상처가 남았을지언정 그 또한 성장의 시간이 됐을 것이라고. 그렇게 믿으며 오늘 하루를 더욱 충실히 살아내자. 훗날 돌아봤을 때 오늘 하루 또한 아름답게 기억될 수 있도록 말이다.

첫째야, 많이 허전했지
- 표현하는 엄마로 살기

"엄마는 정훈이 안 사랑해. 아기 사랑하지. 아빠가 정훈이 사랑해."

32개월이 되던 어느 날 아침, 첫째 정훈이와 함께 책을 읽고 대화를 나누던 중 아이가 던진 말에 순간 얼굴이 화끈 달아올랐다. 가슴을 쿵 한대 얻어맞은 것만 같았다. 4년이 지난 지금도 그 날을 생각하면 마음이 콕콕 쑤셔올 만큼, 그때 아이의 그 말 한마디는 나에게 상당히 충격적이었다.

둘째를 품은 이래로 첫째가 허전함을 느끼지 않게 하려고 참 많이 노력했었다. 둘째를 아기띠로 안고도 온 동네방네 손잡고 산책 다니며 첫째랑 같이 달리기하고 뛰어놀고, 이야기도 많이 나누고, 허리가 부러지도록 두 아이 동시에 안고 업어주며, 사랑을 채워주고 있다고 생각했다. 그런데 아이의 입장에서는 충분하지 못했나 보다.

첫째가 날마다 아빠의 퇴근 시간을 하염없이 기다리고, 졸릴 때면 엄마보다 아빠를 찾는 날이 더 많아도, 그저 아빠 애착이 너무 강하다고만 생각했지 엄마 사랑이 부족한 것이라고는 생각하지 못했다. 나는 이 아이를 너무나 사랑하고 있으며 그 사랑을 충분히 주고 있다고 생각했으므로 아이도 그 마음을 알아주리라 믿었다.

내가 "아니야. 엄마는 정훈이 정말 사랑해"라고 해도 아이는 아니라며 손을 흔든다. 엄마는 아기 사랑하지, 정훈이를 사랑하는 건 아빠라고 계속 강조하면서 말이다. 가슴 한 곳이 뻥 뚫린 듯 시렸다. 그간 첫째를 향한 나의 애정, 그리고 애씀과 노력이 얼마나 컸는지 내가 잘 알기에. 너무나 속상하고 슬퍼서 어느새 내 눈에서는 눈물이 그렁그렁 차올랐다.

그동안 부족했던 게 무엇일까 생각하고 또 생각했다. 가능한 많은 것을 허용해주며 첫째의 욕구를 충족시켜주려고 노력했고, 날마다 책 읽어주며 교감하고, 함께 장난치고 웃어주며 이야기 나누고 크게 소리치는 일 없이 충분히 아이를 배려하며 키워왔다 생각했다. 그러면 아이도 온전히 그것을 느껴주리라 생각했다.

그런데 가만히 생각해보니 아이에 대해서 더 많은 고민을 하고 아이를 더 많이 생각하고 아이와 더 많은 시간을 함께한 것은 나였을지 몰라도, 절대적으로 아이를 많이 안아 준 것은 아빠였다. 나의 눈은 첫째를 향하고 있을지언정 나에게 절대적으로 많이 안겨있던 아이는, 다름 아닌 둘째였다.

첫째의 기준에서는 다른 어떤 것보다, 많이 안아주는 것이 사랑의 채움이 아니었을까. 그러고 보면 나 혼자만 이 아이를 사랑했지, "널 정말 사랑해. 넌 정말 소중해" 하며 말로 또 몸으로 직접 표현해준 일은 그리 많지 않았던 것 같다. 눈에 보이게! 귀로 들리게! 몸으로 느끼게! 표현을 해주지 않아 아이가 느꼈을 허전함이 그제야 사무치게 전해졌다. 그동안 얼마나 허전하고 아팠을까.

그동안 엄마가 안아주기만을 얼마나 기다렸을까. 혼자서 얼마나 삭히며 참아왔을까. **둘째를 잠시 내려놓고 한 번 더 안아줄걸. 한 번 더 사랑한다고, 네가 최고라고 속삭여줄걸.** 그렇게 표현 못 하고 흘러간 시간이 무척이나 야속했다.

엄마가 자기는 사랑하지 않고 아기만 사랑하고 있다는 건 사실이 아니라는 걸 증명해 보이고 싶었다. 첫째가 태어났을 때부터의 사진이 담긴 앨범을 꺼내왔다. 갓난아이였을 때부터 얼마나 많은 사진을 찍어주고 또 정성 가득하게 앨범도 만들어냈는지, 생후 200일까지의 앨범이 무려 두 권이나 됐다. 그 앨범들을 펼쳐 한 장씩 넘겨 가며, 사진 한 장 한 장에 대해서 많은 이야기를 해줬다.

"정훈이 아기 때 봐. 엄청 작고 귀엽지. 엄마 아빠는 정훈이가 엄마 배 속에 있을 때부터 정훈이 너무너무 보고 싶어서 정훈이 태어나고 정말 정말 행복했어. 이것 봐 엄마가 엄청 많이 안아줬지. 여기도, 여기도. 지환이만 안아주는 게 아니라, 정훈이도 지환이만큼 아기일 때 날마다 엄마가 정훈이 안아줬어. 거의 온종일 말이야. 찌찌도 먹고 있네. 정훈이도 이렇게 날마다 엄마 찌찌 먹으면서 자랐어. 날마다 정훈이랑 같이 사진 찍고 뽀뽀도 해주고 그랬어. 맞지. 엄마 아빠가 이렇게 멋진 파티도 해줬네."

엄마와 함께 있는 사진들에 집중해 엄마가 많이 안아주고 사랑했다는 걸 더 강조하면서 이야기를 나누는 동안 아이는 계속 미소를 짓고 있었다. '어 정말이네. 엄마가 나도 많이 안아줬네' 하는 바로 그 표정이었다.

그 후로 전보다 훨씬 더 많이 첫째 볼에 뽀뽀해주고 "사랑해. 사랑해" 하며 표현해주고, 주말에는 첫째랑 둘이 나가서 데이트도 하고, 둘이 나가면 더 많이 안아주고 더 많이 이야기하고 그렇게 온전히 첫째에게만 집중할 수 있는 시간을 내어보려 노력했다.

아이는 엄마랑 둘이서 나간다는 것만으로도 폴짝폴짝 뛰며 좋아했고 참 많이 웃었다. 내 마음도 더욱 충만해졌고, 아이도 더욱 사랑스러워 보였다. 엄마의 마음이 고스란히 전해진 덕분일까. 어느 순간부터 아이가 조금씩 달라지고 있다는 게 느껴졌다.

묻지도 않았는데 “엄마는 정훈이 사랑해. 지환이도 사랑하고” 이런 말을 한 번씩 했고, 내가 사랑한다고 말하는 것에 반박하지 않고 자기도 사랑한다는 표현을 해줬다. 무엇보다 놀라웠던 건 남편이 늦는 날 아빠를 한 번도 찾지 않고 잠이 들었다는 사실이다. 그동안 남편이 밤늦게 오는 날이면 잠이 올 때마다 아빠를 찾아대는 통에 얼마나 힘이 들었는지 모른다. 그랬던 아이가 이렇게 아빠를 찾지도 않고 잠든 걸 보니 엄마의 사랑이 조금씩 채워지고 있구나 싶어 마음이 놓였다.

날마다 “정훈이는 소중해”라고 이야기해주고, 밥을 안 먹으려 할 때도 이를 안 닦으려 할 때도 “정훈이는 소중하니까 밥 잘 먹고 튼튼해야지. 정훈이는 소중하니까 이도 잘 닦아야지. 소중한 사람은 자기를 아끼는 거야”라고 말해줬다. 그 덕분인지 외할머니가 “정훈이는 제일 소중한 사람이 누구야?”하고 묻는데 “정훈이!”라고 대답한다. 와, 아이는 이렇게 엄마의 말을 하나하나 다 흡수하고 있구나. 그래 그거 하나면 됐다. 충분히 사랑받고 있음을 느끼고 자기 자신을 소중히 여길 줄 알며 그 사랑 나눌 줄 아는 아이로 자라준다면, 무엇을 더 바라리.

결국 육아에서 가장 중요한 것은 사랑의 채움이라는 것이다. 사랑이 충만한 아이는 형제 자매를 질투하지 않는다. (중략) 몇 번의 갈등과 고비가 없었던 것은 아니지만, 그럴 때마다 ‘아 사랑이 부족하

구나'라고 생각하고, 부족한 사랑을 채워주기 위해 더 노력했다.

– 서안정, ≪영재레시피≫

역시 육아의 기본 전제는 '사랑의 충만'이었다. 아이는 우리가 생각하는 것 이상으로 사랑을 갈구하며, 부모의 사랑이 고프다는 사실을 매 순간 잊어서는 안 되겠다. 행여나 아이가 원하지 않는 방식으로 사랑을 주고 있었던 것은 아닌지도 수시로 돌아보아야겠다. 아이로부터 또 하나를 배워간다. 아이에게 전해줄 사랑 에너지가 내 안에 충만한지를 살펴보게 하고 나의 행동을 돌아보게 해주며 나를 한층 더 나은 사람으로 성장하게끔 도와주는 이 아이가 참으로 고맙다.

둘째야, 많이 속상했지?
- 공감을 배우는 시간

둘째 지환이는 태어날 때부터 울음소리가 아주 대장급이었고, 밤에 잘 깨기로도 따를 자가 없었다. 그 예민 보스 아기와 19개월 터울의 형을 함께 돌봐야 했으니, 그때는 정말이지 너무너무 힘이 들어서 친구들에게 "둘째 낳는 건 정말 신중하게 생각해라. 장난이 아니다"라고 이야기할 정도였다.

둘째는 15개월 무렵부터는 뭐 하나가 마음에 안 들면 온 거실 바닥을 뒹굴며 한 시간은 기본으로 울기 일쑤였고, 밤에 깨서는 누운 채로 바닥에 발길질을 해대며 울지를 않나, 깊이 잠들지 못해 밤새도록 내 입을 만지작거려서(둘째는 잠이 올 때면 내 입술을 만지며 안정을 얻는다) 폭발해버릴 것 같은 날들도 수십 일이었다. 발달도 형보다 훨씬 느려서 16개월에 첫걸음마를 떼고 두 돌이 돼서야 말문이 터져 답답한 마음이 들기도 했다. 첫째는 두 돌 때 이미 문장으로 술술 말해서 이른 시기부터 말이 잘 통하고 타협도 잘 됐는데, 둘째는 말이 늦게 트인 만큼 타협과 소통의 시간도 뒤로 미루어질 수밖에 없었던 것 같다. 그렇게 어려서부터 울고불고 넘어가는 일이 다반사로 있었던 아이가 세 돌이 넘어서고부터는 '그래도 이 정도는 아니었는데, 요즘 왜 이러지?' 싶을 만큼 떼를 쓰는 정도가 아주 심해졌다.

설상가상으로 어린이집 등원 거부까지 극에 달했다. 아이는 날마다 어린이집에 가지 않겠다며 악을 쓰고 울었다. 적응 기간도 아닌데 실컷 잘 다니던 어린이집을 갑자기 왜 이렇게 싫어할까? 4세가 되면서부터 새로 바뀐 선생님이 마음에 안 드나? 친구들과의 관계에 문제가 있나? 어린이집 활동이 재미가 없나? 엄마랑 더 놀고 싶어 그러나? 아무리 생각해본들 답이 나올 리 없었다. 답은 아이에게 있을 테니.

요구르트 가져가서 친구들이랑 나눠 먹자, 샌드위치 만들기 하는 날이니까 샌드위치만 만들고 오자, 낮잠 전에 데리러 갈게, 온갖 설득을 해봐도 통하지 않았다. 어린이집 근처에 가 주기만 하면야 우는 아이를 선생님께 안겨 드리고 나오는 것쯤 가능하다 해도, 집에서부터 안 나가려는 아이를 억지로 어린이집까지 끌고 갈 여력은 나에게 없었다. 결국 어린이집에 가지 않고 집에 있는 날이 많아졌다. 집에서 아이와 함께 많은 시간을 보내다 보니, 또 한없이 밝아진 아이를 보면서 여러 가지 생각들이 교차했다.

어린이집 가기 싫다는 아이를 억지로 보내는 것이 정녕 옳은가?
분명히 무언가 불편한 것이 있다는 표시가 아닐까?
'엄마 사랑이 더 필요해. 엄마랑 더 오래 같이 있고 싶어' 하는 신호를 보내고 있는 것은 아닐까?

그렇게 아이 마음속으로 깊이 들어가 보니 이 아이의 외로움, 허전함, 속상함, 억울함 들이 비로소 보이기 시작했다. 그래, 그동안 얼마나 달래고 얼마나 소통했다고. 아이가 울고 넘어갈 때마다 그 울음을 외면해 버리거나 화를 냈던 적도 많았고, 그 마음속 깊이 들어가 그 마음 느끼려 노력하기보다 '아, 또 시작이네. 지친다. 짜증 나' 하는 마음이 먼저 올라왔던 것도 사실이다. 형이랑 동생 사이에 끼어서 온전히 저 혼자서 엄마 품 제대로 한 번 누려본 적 없으니, 어쩌면 이 아이가 그렇게 자주 울고 넘어가는 것도 그 허전함과 외로움의 표현이 아니었을까? 시간을 갖고 찬찬히 아이의 마음속을 느껴봤더니 그제야 아이가 보인다.

주말을 이용해 둘째와 단둘이 데이트를 나갔다. 둘만의 데이트는 처음이다. 놀이터에서 노는 뻔한 데이트 말고, 진짜 아이가 좋아할 만한 게 뭘까 생각해보니, 짜장면! "지환아, 우리 짜장면 먹으러 갈까?"

했더니 아이는 함박웃음을 보이며 좋아했다. 우리 동네 공원이 내려다보이는 식당 창가에 앉아 함께 짜장면을 나눠 먹었다. 너무나 행복해하며 짜장면 먹는 아이를 보고 있자니 목이 메어서 짜장면을 먹을 수가 없었다. 지환이 몰래 먼 산을 보며 눈물을 훔쳤다. 이렇게 좋아하는데, 이렇게 밝고 잘 웃는 아이인데, 너무나 애잔하고 고맙고 미안해서 자꾸자꾸 눈물이 났다.

아이는 그날 밤 11시쯤 자다가 갑자기 깨서는 내가 안아주지도 못할 만치 발버둥을 치며 서럽게 울었다. 평소 같았으면 '아, 너 또 왜 이러니' 하며 짜증이 났을 텐데, 이번만큼은 '마음을 읽어주자. 마음을 읽어주자' 굳게 마음을 먹고 차분하게 아이를 바라봤다. 조금 진정이 됐을 때 꼭 안아주며,

"형아가 지환이 장난감 가져갔어?" 하니 끄덕끄덕,
"상윤이가 지환이 만든 거 다 망가뜨렸어?" 하니 끄덕끄덕,
"그래서 정말 속상했구나" 하니 또 끄덕끄덕,
"이제 지환이 거 만지지 말라고 하자. 엄마도 얘기해 줄게" 하니 끄덕끄덕하고는 이내 잠이 들었다.

친구들과의 단톡방에 둘째 이야기를 털어놓고는 또 한바탕 눈물을 펑펑 쏟았다. 친구가 "지환이 오늘 밤 꿈에서는 엄마 품에 온전히 안겨있겠네" 했는데 아이는 정말 그렇게 잠들고부터 아침 8시까지 한

번도 안 깨고 잘 잤다. 그동안 이리도 잘 잔 적이 과연 있었던가 싶을 만큼. **마음 읽어주기의 힘은 잠결에도 이만큼이나 큰 힘을 발휘하는 것을, 그동안 그것이 왜 그리도 힘들었을까 마음이 아렸다.** 어린이집 퇴소 상담을 하며 선생님께서 "그냥 크는 아이는 없죠. 이 과정에서 지환이는 또 한 뼘 자랄 거예요" 하셨다. 장석주 시인의 '대추 한 알' 시가 떠올랐다. 참 힘든 기간이었지만 우리는 그 시간 속에서 천둥 몇 개, 벼락 몇 개, 태풍 몇 개 맞아가며 함께 영글어가고 있었음을.

둘째는 결국 어린이집을 퇴소했다. '몇 개월 뒤면 복직인데, 엄마와 부대낄 시간은 오직 지금뿐이다'라는 생각이 들자, 그리 긴 고민이 필요하지는 않았다. 집에서 편안하고도 여유로운 시간을 보내며 엄마 품을 더 많이 누린 아이는 그 이전보다 확실히 더 많이 웃었고 문제행동 또한 현저히 줄었다. 나에게도 공감의 힘을 온전히 배워가는 소중한 시간이었다.

셋째야, 많이 서운했지?
- 가족 완성체를 느끼는 사랑

셋째가 우리에게 찾아왔다는 사실을 처음 접했을 때, 심장이 목 밖으로 튀어나올 것만 같았다. 손이 파르르 떨리고 눈앞이 깜깜해졌다. '어쩌나. 어쩌면 좋아' 꿈에도 생각 못 했던 일이었다. 아이 둘만으로도 너무나 버겁고 힘들 때였다. 이제야 간신히 형제 육아에 적응이 되어간다고 생각했던 때였다. 셋째로 딸 하나 낳으라는 주변의 말에 절대로 그럴 수 없다며 손사래 치던 나였다. 몇 달 후 복직도 계획하고 있던 참이었다.

무거운 마음이 가시질 않았다. 셋째 아이를 키우기에는 내 앞에 장벽이 너무 많은 듯 느껴졌고, "셋째는 생각도 하지 마라. 이제 너도 예쁘게 꾸며서 직장도 나가고 해야지"라고 말씀하시며 집에만 있는 딸을 안타까워하시던 엄마의 얼굴이 떠올랐다. 그러니 더더욱 이 아이를 진심으로 축복할 수가 없었다. 오직 걱정만 앞섰다. '우리가 과연 세 아이를 키울 수 있을까? 딸이라는 보장도 없잖아? 과연 복직은 할 수 있을까?' 하는 생각들로 마음이 괴로웠다. 정말 부끄러운 일이지만, 그때는 나쁜 생각을 품기도 했다. 이런 마음일 바에야, 그것이 아기를 위해서도 좋은 일일 것이라는 바보 같은 생각도 했었다. 그런데 어찌 된 일인지 나쁜 마음이 정말로 현실화될 것을 상상하자 주체할 수 없는 눈물이 흐르며 그 슬픔을 감당할 수 없을 것 같았다. 평생을 자책하며 살 수는 없었다. 우리보다 훨씬 더 힘든 여건 속에서도 아이를 키워내는 부모들이 얼마나 많은데, 고작 이 정도 힘들다고, 내 경력 조금 더 단절된다고, 아이를 포기한다고? 정말 말도 안 되는 일이었다.

밤을 새워 남편과 대화를 나누던 그 날, 우리는 진심으로 아이를 받아들이기로 했다. **진심으로 아이를 받아들이자 마음이 상당히 편안해졌고, 오히려 부족한 우리에게 이렇게 찾아와준 아기에게 고맙다는 생각도 들었다.** 아이는 배 속에서 탈 한번 일으키지 않고 건강하게 무럭무럭 잘 자랐다. 태교다운 태교는 하나도 못 해줬지만, 남편과 아이들이 너무나 협조적으로 잘 도와주고 배려를 많이 해줘서 그것만 한 태교도 없겠다 싶었다.

배 속에 있을 때 엄마 마음이 편안했던 덕분이었는지, 처음에 환영받지 못했던 것을 스스로 만회하며 사랑받기 위한 생존본능을 타고났던 것인지, 아니면 조리원에 가지 않고 집으로 곧장 와서 더더욱 편안함을 느꼈던 것인지, 셋째는 신생아 시절부터 셋 중에 가장 온순했다. 시끄러운 환경 속에서도 놀라울 만치 새근새근 잘 잤다. 첫째와 둘째가 워낙 잠귀에 밝고 예민하게 잘 깨곤 했으니, 우리는 그렇게 잘 자는 아이가 너무나도 신기했다. 친정엄마가 "이렇게 시끄러운데 어찌 이렇게 잘 자노! 귀 옆에다 대고 손뼉을 쳐도 꿈쩍도 안 하네. 청력 검사 한 번 받아봐야 하는 거 아니냐?" 하셔서 한바탕 웃기도 했다.

첫째와 둘째가 자기들끼리 워낙 잘 놀아서 동생에 대한 질투도 없었으니, 오히려 둘이 됐을 때보다 셋이 됐을 때가 한결 편하고 평화로웠다(지인들은 이 사실을 잘 믿지 않지만, 맹세코 진실이다). 백일 무렵부터는 막내를 아기띠로 안고 산으로 바다로, 온 가족이 이곳저곳 참 많이도 놀러 다녔다. 이렇게 다니다 보면 여기저기서 예쁘다며 한번 안아보자 하는 아주머니들이 제법 많았다. 그렇게 낯선 이에게 안겨서도 방실방실 얼마나 잘 웃는지. 셋째의 그 사랑스런 웃음은 세 아이 육아의 힘겨움쯤 한 방에 날려버릴 만큼 엄마 마음을 살살 녹여줬다.

잘 먹고 잘 자고 예민한 면이 없어서 내가 키웠다기보다 저 혼자 스스로 잘 자란 것만 같은 우리 셋째. 두 돌 지나자마자 엄마가 복직하는 바람에 할머니 손잡고 어린이집에 가야 했지만, 그마저도 적응을 참 잘해주고 즐겁게 잘 다녀줘서 너무나 고마운 우리 막내.

처음 우리에게 왔을 때 반갑게 맞아주지도 못했는데….

기쁨보다는 '이 일을 어쩌면 좋아'하며 걱정이 더 앞섰는데….

아들이라는 소리에 마음이 무거워지기도 했었는데….

그 마음을 모두 읽은 건지 "엄마 걱정하지 말아요. 나 이렇게 잘 자라고 있잖아요. 내가 엄마에게 힘을 줄게요" 하듯 애교 많고 사랑스러운 아이로 잘 커가고 있다. 이 아이가 없었으면 어쩔 뻔했나 싶을 만큼. 고맙고 또 고맙다. **우리에게 와줘서 고맙고 건강하고 예쁘게 잘 자라줘서 고맙다. 셋째로 인해 우리 가족이 더욱 완성체가 된 느낌, 그런 행복과 충만함을 안겨준 아이라서 참 고맙다.**

우리를 바라보는 이웃들의 눈빛에는 안쓰러움이 그득하지만, 나는 언제나 "둘보다는 셋이 좋아요"라고 말하고 다니며 그 눈빛에 반박한다. 그럼 다시 '에이 말도 안 돼' 하는 눈빛이 돌아오곤 한다. 아무렴 어떠리. 비타민 같은 셋째 덕분에 우리 집에는 근심 걱정과 고성보다 기쁨과 웃음이 더욱 늘어난 것만큼은 확실하니 말이다. 그렇다고 해서 넷째를 계획할 생각은 추호도 없다. 우린 지금 이대로 충분히 행복하니까, 하하!

아이의 눈빛을 볼 시간, 지금뿐이야

그동안 스마트폰을 멀리하고자 참 많은 노력을 해왔다. 육아 2년 차에는 카카오스토리를 탈퇴했고, 육아 3년 차에는 카톡을 탈퇴했으며, 육아 4년 차에는 스마트폰을 아예 폴더폰으로 갈아타 보기도 했었다. 한번 발을 들인 이상 도통 빠져나오기 힘든 '늪'과도 같은 스마트폰의 세계에서 조금이나마 벗어나 보고자 무던히도 발버둥 쳤다.

TV도 시간이 아까워 안보는 나인데, 스마트폰에 황금 같은 시간을 저당 잡힌 것 같은 느낌이 자꾸만 불편하게 다가왔다. 아이들과 함께 있는 동안 스마트폰으로 정신이 분산되어 그 시간이 온전히 행복하지 못했으며, 그것을 스스로 통제하지 못한다는 사실에 자괴감이 들었다. 스스로 통제할 수 없다면 물리적으로 환경을 바꿔야겠다는 생각에 폴더폰으로도 바꿔봤고 카톡 탈퇴도 해봤지만, 다시 원점으로 되돌아오기를 반복했다. 블로그를 본격적으로 오픈하기 시작하면서 스마트폰을 보는 시간이 전보다 오히려 더 늘었고 단체 카톡방은 더더욱 많아졌다.

예전에 쓴 일기를 다시 읽어보면, 스마트폰을 내려놓고자 노력하고 실천하던 그 시기에 나와 아이들은 조금 더 행복했던 것 같다. 아이들의 부름에 즉각 답할 수 있었고 아이들의 눈빛을 조금 더 볼 수 있었고 조금 더 그 순간에 집중하며 즐길 수 있었다. 아이들과 함께하는 시간에 대한 '켕김'이 없었고 아이들이 밉지 않았고, 책을 더 많이 읽었고 잠을 더 잘 잤다. 그런데 최근의 내 모습은 어떠했는가?

> *함께하는 시간이 많다는 것이 곧 아이를 잘 안다는 것을 의미하지는 않는다. 중요한 것은 아이를 '보고' 있느냐는 것이다. 아이를 '보아야' 아이를 알 수 있다. 그래야 아이가 무엇을 좋아하는지, 무엇을 싫어하는지, 어디가 불편한지를 알아차릴 수 있다. 모든 양육, 보육, 교육은 '본다'에서 출발해야 한다. 아이를 자꾸 어디로 보내는 것으로, 맡기는 것으로, 돈으로 보상하는 것으로, '보는 것'을 대신하지 말라.*
>
> *- 편해문 선생님의 강의 중에서*

편해문 선생님은 이 '본다'의 의미를 잘 이해해야 한다고 강조하셨다. 눈으로 그저 아이를 보고 있는 것만이 아니라 마음으로 아이를 '들여다보라'는 것이다. 강의를 듣는 내내 '아이를 잘 보고 있지 않은 우리 어른들'의 모습이 부끄럽고 안타까워 가슴을 쓸어내려야 했다.

나의 하루를 다시 되돌아본다. 아이들을 보고 있어야 할 그 시선과 관심이 스마트폰과 카톡, 블로그에 온통 빼앗기고 있지는 않았는지. 카톡에 답해야 하고, 블로그 글을 완성해야 하고, 댓글을 달아야 하고, 검색을 해야 하는 바쁜 엄마. 이렇게 나의 시선이 계속 스마트폰을 향하고 있는 통에 아이들은 '엄마와 함께 있지만 계속 엄마가 그립고 엄마가 고프다는 것'을 애써 모른 척하고 있지는 않았는지. 나의 '소셜(social) 활동'을 방해하며 나에게 도통 자유를 허락하지 않는 아이들이 미워지지나 않았는지.

언젠가 첫째가 정곡을 찌르는 말을 했다.

"그런데 엄마 아빠는 왜 내가 이야기할 때 계속 핸드폰만 봐?"

"아 그랬어?"

"저번에 차에서도 내가 말하는데 엄마는 핸드폰만 보고 자꾸 '잠깐만'이라고 이야기하고."

순간 아찔해졌다. 그리고 부끄러웠다. 아이들의 어린 시절 기억 속에 '항상 스마트폰을 보고 있는 엄마'가 자리 잡으면 어쩌나. 아이가 좀 더 자라서 자신의 스마트폰을 갖게 됐을 때, 나는 그때 가서 무슨 명분으로 아이에게 자제력을 논할 수 있겠느냔 말이다. 아이가 "엄마도 늘 스마트폰 끼고 살잖아요"라고 말하는 날엔 쥐구멍이라도 찾을 수밖에.

지금 이 순간 변하지 않으면 안 될 것 같다. 결단이 필요했다. 나의 결심과 의지력이 도통 믿을 수 없는 것이라면, 환경의 통제밖에 방법이 없다. 눈앞에 안 보여야 하고 내 손에 없어야 한다. 그래서 첫 번째 실천으로 각종 SNS 앱을 하나의 폴더에 담아 가장 구석진 자리에 배치했다. 스마트폰의 첫 화면에는 생활에 꼭 필요하지만 내 시간을 잡아먹지는 않는 앱(전화, 문자, 캘린더, 카메라, 갤러리, 지도, 메모장)만 남겼다.

두 번째 실천으로 스마트폰에서 카톡 앱을 삭제했다. 탈퇴도 해봤다가 무수히 삭제했다 설치했다를 반복했던 애증의 카톡. 하지만 막상 탈퇴해보니 생각보다 단체 속에서 불편한 점이 많이 생겼다. 결국엔 재가입을 할 수밖에 없었다. 다른 대안으로 스마트폰 앱을 삭제하고 컴퓨터에 PC 카톡만 깔아놓고 수개월을 써봤다. 나름 괜찮았다. 선물 주고받기를 할 때나 사진을 전송할 때를 제외하고는 크게 불편한 점이 없었다.

최근 들어 카톡 앱을 다시 지우고 나자 스마트폰으로부터 내 마음이 상당히 자유로워짐을 단번에 느낄 수 있었다. 요즘은 블로그 포스팅도 강박 없이 여유롭게 하고 있다 보니 스마트폰을 들여다볼 일이 더더욱 없게 됐다.

날씨 좋은 날 동네 산책을 하다가 세 아이와 함께 조용한 카페에 들렀다. 막내는 유모차에 재워 놓고, 나는 커피 마시며 책을 읽고, 첫째와 둘째는 그림을 그리며 놀았다. 아이들과 이야기도 나눴다가 함께 책도 읽었다가 종이접기도 했다가, 거의 3시간을 참으로 평화롭게 보냈다. 스마트폰은 전화 한 통을 받을 때 빼고는 한 번도 펼쳐 보지 않았다. 집에 오는 길에 첫째가 "엄마, 오늘은 정말 행복한 날이야"라고 했다. 나 역시도 같은 기분이었다.

육아관이 잘 맞는 친구들을 만나면 아이들에게 스마트폰을 사주지 않고 얼마나 버틸 수 있을 것인지에 대한 이야기를 많이 나눈다. "요즘은 대세가 그러니 어쩔 수 없어"라는 흔한 말을 받아들이고 싶지 않은 엄마들의 고민은 깊어만 간다. 그 엄마들과 이야기를 나누다 보면 결론은 하나다. 엄마의 삶으로 아이에게 살아있는 본보기가 되어 주는 것. 아이가 그렇게 살기를 바라는 모습이 있다면 '내가 먼저' 그렇게 살아야 한다는 것이다.

나는 내 아이들이 청소년이 됐을 때, 나의 물음에 성심성의껏 답해주고 나의 눈을 보며 이야기 나눌 수 있었으면 좋겠다. 학교에서 있었던 일, 친구들과 있었던 일, 힘들었던 일, 속상했던 일들을 시시콜콜 나에게 털어놓을 수 있었으면 좋겠다. **그러기 위해서 내가 할 일은 나부터 아이들의 부름을 외면하지 않고 그 아이들의 눈빛을 바라보는 것이다. 아이가 무엇을 원하는지, 무엇이 힘든지 알아채기 위해 성심을 다해 아이를 '보는' 것이다.**

아이가 조금이라도 더 어릴 때, 나를 원하고 찾을 때, 엄마가 간절히 필요하다는 신호를 보낼 때, 그 부름과 신호에 따뜻하게 응답해 주기 위해서 나는 스마트폰을 잠시 내려놓기로 했다. 그리고 아날로그에 조금 더 가까이 다가가 보기로. 그것은 아이를 위함이기도 하지만 곧 나를 위한 것이기도 하다. 스마트폰에 얼굴을 박고 아이들의 부름을 외면할 때보다, 아이들의 얼굴을 마주하며 온 마음을 주고받을 때 내 마음이 더욱 당당하고 행복하기에.

아이와 함께 있을 때만큼은 더더욱 종이책을 읽고, 노트에 필사하고, 손편지를 쓰고, 스케치북에 아이디어와 계획을 쓰고, 캘리그라피로 마음을 나누고, 카톡보다는 전화통화로 안부를 묻고…. 그렇게 모두가 디지털을 향해 달려갈 때 나는 거꾸로 한 번 달려보기로 한다. 아이들과 온전히 함께 보낼 수 있는 이 시간은 결코 다시 돌아오지 않을, 평생을 그리워할 소중한 시간이기에, 더 늦기 전에 초심으로 다시 돌아가 아이들 눈빛을 먼저 보자 굳게 다짐해본다.

아이 키우는 방법론을 버리기로 했다

40년 인생을 살아오는 동안 아이를 낳아 키우는 것만큼 도전적인 과제가 또 있었을까. 막연함과 막중한 책임감이 동시에 짓누르는 인생 최대 프로젝트. 아이가 우리에게 찾아온 그 순간부터 우리 부부는 설렘과 두려움이 가득한 미지의 세계로 덩그러니 내던져졌다. 아이를 낳기 전부터 산모교실에 부지런히 다니며 아이를 어떻게 안는지, 모유 수유는 어떻게 하는지, 기저귀는 어떻게 갈아야 하는지 부지런히 듣고 실습도 해봤다. 하지만 내 팔뚝만큼 작디작은 아기의 실체를 실제로 대면했을 때는 그 모든 지식이 까마득해지는 마법을 경험하게 된다. 아이를 낳은 감동도 잠시, 출산 다음 날부터 실전 돌입! 아무것도 모르겠고 막막한 일들이 와르르 쏟아져 내리니 도무지 정신을 차릴 수가 없었다.

'내 가슴은 왜 이렇게 바위처럼 커지고 단단해져서 움직이지도 못할 만큼 아프고 고통스러운 거야. 젖은 왜 이렇게 안 나오는 거야. 아기가 내 젖꼭지는 자꾸 밀어내면서 젖병은 왜 이렇게 잘도 빠는 거야. 왜 젖을 조금만 먹었다 하면 바로 자버리는 거야. 눕혀놓기만 하면 왜 바로 깨버리는 거야. 기저귀를 갈고 있는데 또 똥을 싸면 어쩌라는 거야. 왜 자꾸 우는 거야. 뭐 때문이야. 도대체 왜 왜…. 나 보고 어쩌라는 거야….'

아무 말도 못 하는 자그마한 아기를 안고서 아기도 울고 나도 울고, 도무지 생각처럼 되지 않고 어찌할 바를 몰라 닭똥 같은 눈물을 뚝뚝 흘리기를 수십 차례. 출산 이후 잠을 못 자고 밥을 못 먹어서 오는 힘겨움은, '무지'와 '미지'의 고통에 비하면 아무것도 아니었다. 깜깜한 터널 속을 벽 짚고 겨우겨우 걸어가는 듯한 그 느낌이 정말이지 너무나 힘들었다. '목마른 자 우물을 파라고 했지' 그때부터 우물 하나 파는 심정으로 육아서를 찾아서 마구 읽기 시작했다.

처음에는 육아서를 고르는 안목조차 없었으니, 여기저기에서 좋다고 하는 베스트셀러 위주로 골라 읽었다. "생후 몇 개월에는 이렇게 하세요. 아이가 울 때는 이렇게 하세요. 수유는 이렇게 하세요. 잠은 이렇게 재우세요" 하는 방법론을 제시하는 육아서가 많았다. 너무나 막연한 육아의 망망대해 속에서 그런 책들은 반가움 그 자체였다. 조목조목 솔루션들을 제시해주니 당장에라도 실천할 수 있을 것 같고 마치 내가 그러한 능력을 획득한 것인 양 자신감이 샘솟았다. 책에서 말하는 대로 그렇게 잘 커갈 수 있을 것 같은 기대감도 생겼다.

그런데 생각만큼 잘 안 된다. 먹고-놀고-자고의 패턴을 반복하라고 하는데 우리 아이는 왜 꼭 먹기만 하면 바로 자버리는 것인가. 몇 시간의 텀을 두고 먹이라는데 왜 우리 아이는 수시 때때로 엄마의 젖을 찾는 것인가. 안아서 재우지 말고 눕혀서 재우라는데 왜 우리 아이는 눕히기만 하면 자지러지는가. 다들 이 방법이 좋다고 난리인데 나는 왜 안 되는가? 엄마로서 능력이 없나? 내가 너무 부족한가? 자괴감이 들었다. 우리 아이는 잠에 관해서는 유난히 예민한 편이었는데, 정말이지 책처럼 되는 것이 하나도 없었다.

그렇게 자괴감에 빠져 힘겨운 육아의 터널 속에서 고군분투하고 있을 때 전혀 다른 시각에서 이야기하는 육아서들을 만났다. “시간 체크하며 젖 주지 말고 아이가 원할 때 주세요. 시간 맞춰 재우지 말고 아이가 원할 때 재우세요. 아이들도 저마다 자신의 잠과 먹을 것을 조절할 수 있어요. 눕혀 재우지 않아도 괜찮아요. 혼자 잠들도록 훈련시키지 않아도 괜찮아요. 많이 안아주세요. 안아서 재워도, 포대기로 업고 재워도 괜찮아요. 때가 있어요. 잘하고 있어요. 아이를 믿으세요” 하는 메시지들. 그때 받은 공감과 위로가 얼마나 강렬했는지 모른다. 아, 바로 이것이었구나! 각종 솔루션을 제시하는 육아서를 읽으며 내 마음이 왜 그렇게 불편했는지, 아이를 믿으라는 육아서를 읽으며 내 마음이 왜 이렇게 편안해지는지, 그 이유가 조금씩 명확해지면서 나의 육아 가치관도 하나둘 자리 잡아 나가기 시작했다.

아이를 키우는 일은 어떠한 방법론에 입각한 것이 아님을, 그저 아이를 믿고 아이의 발걸음을 따르며 내 마음이 편안한 육아를 지향하면 되는 것이라는 큰 깨달음을 얻었다. 나는 자지러지는 아이를 눕혀 재우는 것보다 아이를 안아주고 업어주는 것이 훨씬 마음이 편했다. 시계 쳐다보며 시간 맞춰 젖을 주는 것보다 아이가 배고프다고 느껴질 때 젖을 주는 것이 마음 편했다. 방법론을 제시하는 책을 아무리 읽어도 잘 안 됐던 건, 내 아이의 고유한 특성 때문이기도 했겠지만, 어떠한 규칙에 따르는 육아가 본디 나의 본성과 가치관에 잘 맞지 않았기 때문이었던 것 같기도 하다.

그런 깨달음을 얻은 후 나는, 엄마의 역할을 강요하며 죄책감을 유발하는 방법론적 육아서를 과감하게 버리기로 했다. "하루에 소고기는 꼭 이만큼씩 먹여야 합니다. 6개월 이후로는 엄마 젖을 줄이고 이유식 양을 늘려 가세요. 반드시 부스터에 앉아서 먹을 수 있도록 하세요. 음식으로 장난치도록 내버려 두지 마세요"와 같은 수치화된 방법과 규칙을 강요하는 책들을 말이다. 이 방법 저 방법을 다 동원해봐도 이유식 숟가락 앞에서 입 한 번 벌려주지 않는 아이에게 무슨 수로 소고기를 그만큼씩 먹일 것이며, 먹는 것 자체가 고통인 아이를 무슨 수로 부스터에 앉아있게 만든단 말인가. 결코 내 아이에게 통하지 않는 수많은 지침 속에서 나는 얼마나 많이 좌절하고 불안에 사로잡혔던가. 그때 그런 책들에 집착하지 말고 그냥 아이가 원하던 젖이나 마음껏 더 줄 걸, 때가 되면 저절로 먹고 자게 되는데 그저 내 마음과 아이가 이끄는 대로 할 걸, 뒤늦게 아쉬움이 남는 건 어쩔 수 없다.

세 아이를 키우는 지금, 아이는 저마다 너무도 다른 존재라는 것을 누구보다 잘 안다. 첫째는 돌이 될 때까지 낮잠을 누워서 자본 적이 별로 없을 만큼 잠에 예민했지만, 셋째는 귀가 안 들리는 건 아닐까 의심될 만큼 시끄러운 환경에서도 잘 잤다. 첫째는 어려서부터 어떠한 책이든 읽어주는 대로 잠자코 듣고 있는 걸 좋아했지만, 둘째는 두 돌이 될 때까지 책 읽어주는 걸 싫어했다. 첫째는 이유식 거부가 매우 심했지만 지금 편식을 조금도 하지 않고, 둘째와 셋째는 이유식을 잘 먹어 줬지만 조금씩 편식을 한다. **결국, 육아에 있어 보편적 정답은 없다. 보편적으로 통할 것만 같은 방법론적인 육아서도 누구에게는 맞지만, 누구에게는 맞지 않는다.** 그 진리를 첫 아이 태어날 때부터 알았더라면 그렇게 애태우며 아이를 키우지는 않았을 텐데.

육아서를 따르는 육아가 아닌, 엄마의 마음이 편안한 육아, 그리고 아이의 눈빛을 보는 육아, 그것을 나의 가치관으로 바로 세우고 아이를 키워가고자 한다. 엄밀히 말하자면 키우는 것이 아니라 아이들이 자라는 것을 지켜보고 지지해주는 것이라 해야겠다. 그렇게 아이와 함께 하는 순간순간 행여나 힘들고 답답한 마음이 불쑥불쑥 올라

온다면, 지금 내 마음에 공감을 더해주고 지지를 보내주는 육아서를 한 권쯤 찾아 읽어보는 것, 그것으로 충분하지 않을까 싶다. 불안과 죄책감이 아닌, 다시 우뚝 일어설 힘을 주는 그런 육아서 말이다.

수호천사에게 부끄럽지 않은 삶

한가한 주말 아침, 첫째와 둘째가 거실에 함께 엎드려 색칠북에 색칠하며 놀고 있었다. 페이지를 넘기다 보니 첫째의 색칠북에 누군가 몰래 색칠해 놓은 것이 보였다. 단연 둘째의 짓이다. 첫째가 그 색칠북을 무척이나 애지중지하고 있었기에, 아껴두었던 그림에 동생이 색칠을 해버렸으니 얼마나 속이 상할까. 충분히 싸움이 날 수 있는 상황이라 생각했다. 그런데 의외로 첫째는 화를 내지 않았고, 둘째를 보며 조곤조곤 이야기했다.

"너 색칠책에 다른 사람이 이렇게 몰래 색칠해 놓으면 기분이 어떻겠어? 정말 속상하겠지? 나도 똑같아. 다음부터는 나 없을 때 이렇게 색칠해 놓지 마. 나 있을 때 '이거 해도 돼?' 하고 물어보고 해. 알았지?"

7살 아이가 맞나 싶을 만큼 얼마나 차분하게 또박또박 이야기하던지, 깜짝 놀라지 않을 수 없었다. 아이가 하는 말이 언젠가 내가 했던 말과 너무나 비슷해서 더 놀랍기도 했다. 속상하다는 감정의 표현부터 말투까지 모두 나의 모습 그대로였다(물론 내가 늘 그런 모습인 것은 아니다). 전율이 일었다. 부모는 아이의 거울이라더니 이런 순간을 보고 하는 말이었구나. 아이들은 엄마가 하는 말과 행동을 그대로 습득한다는 무서운 진리를 온몸으로 느끼게 된 순간이었다.

형의 말을 들은 둘째의 반응은 어땠을까. 기분이 상할 이유가 없지 않은가. 긴장된 모습으로 형의 말을 가만히 듣고 있던 둘째는 안도의 미소를 지으며 고개를 끄덕끄덕했다. 두 아이의 모습이 정말 예쁘고 사랑스러웠다.

무엇보다 교사의 삶으로 보여주어야 해요. 존중은 오직 존중으로만, 책임은 오직 책임으로만 가르칠 수 있습니다.

– 정유진, ≪학급운영시스템≫

나는 이 말이 곧 '가르침'의 본질이라고 생각하며 마음에 꼭 새겼다. ≪학급운영시스템≫에서는 교사를 상대로 이야기했지만, '교사'를 '부모'로 바꿔 읽어도 손색이 없다. **어떠한 가치를 아이들에게 전하고 싶다면 굳이 설명해가며 가르치려 하기보다, 부모의 말과 행동으로 그것을 보여주면 된다는 것. 부모의 삶으로 보여줄 수 없는 것**

을, 아이에게 가르치려 드는 것은 억지에 가깝다는 것을 마음에 담는다. 부모는 몸에 좋지 않은 음식을 수시로 먹으면서 아이에게는 건강한 먹거리를 강요하고, 부모는 아이들에게 화를 내고 소리를 지르면서 형제들끼리 아껴주고 사랑하라고 가르치는 것은 실로 뒤통수가 화끈거릴 만큼 부끄러운 일이 아닌가 말이다.

그러니 아이들이 책을 좋아하기를 원한다면 "책 좀 읽어라"라고 말하기 전에, 내가 먼저 책을 꺼내 읽으면 된다. 아이들이 인사를 잘하기를 원한다면 "어서 인사해야지"라고 말하기보다 내가 먼저 큰 소리로 인사하면 된다. 아이들이 바람직한 방법으로 화를 표현하기를 바란다면, 내가 먼저 감정을 다스리고 정당하게 표현하는 방법을 배우고 실천하면 된다. 일시적 노력이 아니라 정말로 내가 그런 삶을 살면 아이도 자연스레 그 삶을 따라갈 것이다.

실제로 첫째는 어렸을 때 엘리베이터나 길에서 마주치는 어른들께 인사를 잘 하지 않는 아이였다. '우리 아이는 왜 이렇게 인사를 안 할까?' 하고 고민을 하다가 문득 나부터가 아파트 이웃들에게 큰소리로 인사를 한 적이 별로 없음을 깨닫게 됐다. 대부분 조용히 눈인사하는 식이었다. 인사할 때의 내 얼굴은 분명 웃고 있었지만, 아이는 그런 내 모습을 보지 못했을 확률이 높다. 그것을 알아차린 후 나는 의식적으로 소리 내어 인사하기 시작했다. 조금 멀리 계시는 경비 아저씨께도, 계단 청소를 하고 계시는 아주머니께도 큰 소리로 "안녕하세요" 하며 인사했다. 그랬더니 아이도 얼마 후부터 함께 인사하기 시작하는 것이 아닌가. 지금은 누구보다 씩씩하게 인사를 잘한다. 짜릿한 감동의 순간이다. 결국에 아이는 잔소리나 말로 하는 가르침이 아닌, 엄마의 행동을 통해 인사를 배우게 된 것이다.

이런 경험이 한두 번 쌓이자 나는 아이들에게서 문제행동을 발견할 때면, 그것을 아이 자체의 문제라 생각하기보다 나의 행동을 먼저 돌아보는 습관이 생겼다. 아이가 유난히 짜증을 많이 내고 형제들끼리도 자주 다투는 날이면, 내 감정이 여유롭지 못했던 것은 아닌지, 내가 먼저 아이들에게 화와 짜증을 쏟아냈던 것은 아닌지 돌아보게 됐다. 그리고 내 마음을 차분하게 만들어줄 책을 책장에서 찾아 읽고 밑줄을 그으며 마음을 다졌다. 아이들에게 예쁜 엄마의 모습을 보여주지 못했던 지난 시간을 참회하며 내가 먼저 성장하자고, 내가 먼저 성숙한 사람으로 무르익자고, 눈물 흘리며 다짐하고 또 다짐했다. 그것은 단순한 자책감과는 분명 다른 것이었다.

그래서 아이는 부모를 성장시키려 찾아온 수호천사라는 말이 있나 보다. 내가 이 아이들을 만나지 않았더라면 나는 과연 이만큼 성장할 수 있었을까. 아이가 아니었다면 끝내 알아차리지 못했을 내 안의 무수한 감정들, 그 감정들을 바로 마주하며 이토록 깊은 대화를 나눌 수 있었을까. 아이의 행동을 통해 나의 부족한 모습들을 하나둘 발견하며 나는 날마다 조금씩 성장해간다. 끊임없이 책을 붙잡고 글을 쓰며 내 생각과 말과 행동을 둥글둥글하게 다듬어간다. 그렇게 나는 아이에게 조금 더 나은 모습의 엄마가 되고자, 부끄럽지 않을 엄마의 뒷모습을 보여주고자, 오늘도 부단히 나를 갈고 닦는다.

PART 3

타인의 시선이 따끔따끔 불편한 순간에도

- 세상의 편견 앞에서 웃어넘기기 -

너는 왜 어린이집 안 가니?

엄마와 눈을 마주치면 웃는다.
정말 자주 웃고, 웃을 때마다 함박웃음이다.
옹알옹알 부쩍 늘어난 옹알이로 엄마와 대화를 나눈다.
배고플 때 옆으로 안아주면 가슴을 향해 고개를 흔들며 돌진한다.
젖을 빨면서 엄마 손을 잡는다.

내 손을 잡고 날 쳐다보며 한 번씩 웃어주기도 하고
저 작은 입 오물오물하며 젖 빨고 있는 내 아이를 바라볼 때의 감동이란….
이 벅찬 가슴! 아~ 말로 다 표현할 수 있을까?
이 아이의 존재가, 작은 표정 하나 행동 하나하나가 이렇게 눈물

겹게 감사하다니.
하루에 몇 번이고 젖을 주지만 그때마다 매 순간이 신기하고 감격스럽다. 설명할 수 없는 묘한 느낌.

속눈썹이 많이 자랐다. 감고 있는 눈이 그렇게 예쁠 수가 없다.
머리카락도 많이 자라 하늘로 솟아오르는 중~ 조금 더 있으면 묶어줘도 될 듯!
얼른 앉고 기고 걷는 거 보고픈 맘에 빨리 자랐으면 싶다가도
이토록 신비스럽고 사랑스러운 아기 시절이 하루하루 줄어들고 커가는 건 조금 아쉬운 것 같기도 하다.
*그래도 이렇게 지난날을 돌아볼 수 있는 내 일기장이 있어 정말 다행이다. ^^*

– 2013년 9월 28일, 첫째가 94일 되던 날의 일기

초보 엄마 시절의 일기를 읽다 보면 절로 미소가 머금어진다. 물론 생전 처음으로 겪어보는 아이와의 시간이 너무 어렵고 힘들고 답답해서 눈물 흘린 적도 많았지만, 그 힘겨움의 눈물들이 명함도 못 내밀만큼 아이가 자라나는 순간의 신비스러움과 감동은 너무나 컸다. 나는 그렇게 매 순간을 감탄했던 것 같다. 아이가 처음으로 발차기를 시작하고 뒤집기를 하더니 어느새 기어 다니기 시작하고 걸음마를 하고 말을 처음 하기 시작하는 매 순간이 벅찬 감동으로 다가왔다. 그런 첫 순간들을 다른 누군가가 먼저 경험하도록 맡겨놓고 싶지 않았다. 다시 오지 않을 내 아이의 어린 날을 내 마음속에 모두 꼭꼭 새겨두고 싶었다. 힘든 순간도 벅찬 순간도 모두 내가 간직하고 싶었다. 그랬기에 둘째의 출산이 임박해올 때까지도 첫째를 어린이집에 보내고 싶은 마음은 조금도 없었다.

어린 둘째를 아기띠로 안고, 3살 된 첫째 손을 잡고 동네 산책을 다니다 보면 "너는 왜 어린이집에 안 가니?" 하는 물음을 귀에 못이 박이도록 듣게 된다. 언제부터 3살 된 아이가 어린이집에 다니는 것이 당연한 문화가 되어버린 건지. 어쩌다 어린이집 가지 않는 아이들이 특이한 소수자가 되어버린 건지. 낮에는 놀이터에서나 공원에서나 또래 아이들을 좀처럼 마주치기가 힘들다는 것이 어쩐지 조금 슬프기도 했다.

아이들이 조금 더 자라 4살, 2살이 돼서도 어린이집에 보낼 마음이 없다고 하니 "도대체 언제까지 아이들 끼고 있을 거야? 왜 이렇게 희생하며 살아? 일하러는 안 갈 거야?"라며 안쓰러움 반, 한심함 반 눈길을 보내는 이들도 더러 있었다. 두 아이를 데리고 있으면서도 찌든 얼굴로 다닌 적은 별로 없었던 것 같은데, 자주 가던 마트 점원분께서 "어쩜 이렇게 아이 둘 데리고도 힘든 기색이 없어요? 힘들 법도 한데 늘 웃는 모습이 인상적이어서 한 번쯤 여쭈어보고 싶었어요"라는 말도 건네주시곤 하셨는데, 이상하게도 어린이집에 보내지 않는다는 이유로 나는 종종 희생의 아이콘이 되어야만 했다. 가만히 두었으면 참 행복했을 나도, 그런 이야기를 자꾸 듣다 보니 '내가 정말 잘못하고 있는 걸까?' 하는 마음에 혼란스러워지기도 했다.

첫째와 둘째의 어린 날, 아이들을 어린이집에 보내지 않았던 건 어린이집을 나쁘게 보아서가 아니다. **그때 나는 다만 '지금 이 순간' 가장 중요하다고 생각되는 가치에 집중했을 뿐이고, 아이들 저마다 '때'가 있다고 생각했던 것뿐이었다. 아침마다 어린이집 등원 시간에 맞춰 아이들을 재촉해야 하고 오후에 아이들 하원 해서 집에 오면 씻기고 먹이고 재우기 바쁜 그런 삶보다, 커다란 계획 없이 아이들 발걸음 따라 움직이며 조금 더 자연스럽고 여유롭게 누리는 삶이 나에게는 더 큰 행복이었던 것뿐이다.** '아이를 위해서'라는 명목 뒤에 '나를 위한' 이유도 분명히 포함되어 있었던 게다.

그때를 돌이켜보면 참으로 아련하고 그립다. 늦잠 실컷 자고 한참을 이불 속에서 함께 뒹굴며 장난치던 시간들, 느지막이 아침을 먹고 "우리 오늘은 어디로 나가볼까?" 하며 아이 손을 잡고 아무런 계획도 방향도 없이 여유롭게 동네를 산책하던 시간들, 한적한 놀이터에서 무한정 그네 타고 모래놀이 하며 신나게 놀았던 시간들, 한 장면 한 장면이 그리운 파노라마로 스쳐 지나간다. 물론 아프고 힘들었던 시간도 없지 않았다. 하지만 하루하루를 온전히 함께 누렸기에 우리는 더 많은 추억을 쌓아갈 수 있었고, 전쟁터에 버금가는 형제 육아 현장을 오롯이 견뎌냈기에 나는 더 많이 성장할 수 있었다. 아이들도 나도 앞으로 살면서 힘든 시간이 찾아올 때면, 그 시간 차곡차곡 적립해둔 추억의 감정들을 꺼내어 힘을 내고 또 미소 지을 것이다. 이만큼 값진 재산이 또 있을까 싶다.

텅 빈 놀이터에서 혼자 뭐 하니?

※
※
※

소리 질러야 아이다.
울고 싶을 때 마음껏 울 수 있어야 아이다.
고삐 풀린 망아지처럼 온 동네를 뛰어다녀야 그게 아이다.
더 나아가 구르고, 뒹굴고, 물어뜯고, 때로 비명도 지르며
한 시절을 보내야 아이다운 아이다. 높은 데서 뛰어내리고
땅바닥을 박박 기고 굴러다니기도 해야 한다.

그런데 어른들은 시끄럽다고 소리도 못 지르게 하고,
뛰지도 못하게 하고,
울지도 못하게 하고,
뛰어내리거나 구르지도 못하게 한다.

– 편해문, ≪아이들은 놀이가 밥이다≫

몇 년 전 편해문 선생님의 책을 읽으며 구구절절 가슴이 너무 아파 혼났던 기억이 난다. 뛰지 못하고 소리 지르지 못하고 울지 못하며 시름시름 앓는 아이들. 어려서부터 공동주택에 살며 뛰지 못하고, 기관에 다니기 시작하면서 세상의 규칙에 적응하느라 실컷 떠들지 못하고, 학교에 가서도 좁은 공간에 다닥다닥 붙어 앉아 "뛰지 마라. 조용히 해라"를 쉴새 없이 들으며 자라나야 하는 가여운 아이들.

학교에 근무하면서도 마음껏 놀지 못하는 아이들이 정말 안타깝게 느껴졌는데 아이를 낳고 보니 그 안타까움은 더더욱 커진다. 내가 어린이집에 보내는 걸 최대한 늦춘 이유도 그 때문이었다. 조금이라도 어릴 때, 그나마 엄마 품 안에 있을 때, 이것저것 만져보고 싶은 것 다 만져보라고, 뛰고 싶을 때 마음껏 뛰어다니라고, 마음껏 구르고 뒹굴고 하라고.

첫째는 어려서부터 유난히 저지레가 심했다. 둘째와 셋째의 어린 시절과 비교해봐도 그 정도가 월등했다. 둘째가 태어나기 전부터 이미 집은 쑥대밭이었고, 음식은 먹는 대상이 아니라 탐색 대상에 가까웠다. 문화센터에는 갈 필요도 없이 그냥 집 자체가 오감체험 현장이었다. 서랍장 하나 남아나는 것 없이 죄다 열어 살펴보기를 좋아했고, 그중에 최고의 타겟은 싱크대였으니. 온갖 조리기구들을 장난감 삼아 노는 것을 아이는 정말 좋아했다. 깔끔한 성격의 소유자라면 도무지 견디기 힘든 그런 유형의 아이. 그러니 좀처럼 어린이집에 보낼 엄두가 나지 않았던 것도 사실이다.

아이는 모래 놀이도 굉장히 좋아했는데, 모래놀이터에 놀러 나갈 때면 신발을 아예 벗어놓고 놀기도 하고 온몸에 흙을 묻혀가며 놀기도 했다. '지금 아니면 언제 이렇게 놀겠니, 그냥 씻으면 되지 뭐'하는 생각으로 웬만하면 모두 허용해준 편이다. 그렇게 모래 위에 철퍼덕 주저앉아 놀고 있으면, 그 옆을 지나는 아이들의 눈빛이 호기심으로 반짝반짝 빛난다. 하지만 막상 함께 주저앉아 놀 수 있는 아이들은 많지 않았다. 대부분은 엄마에게 그냥 끌려가거나 "엄마가 모래에 들어가지 말라고 했지!" 하는 호통 소리를 들어야만 했다. 그 옆에서 나는 괜히 작아진다. 깔끔한 아이를 모래에 발 들이게 한 원인 제공자가 되어버린 듯 머쓱해졌다. 그렇게 우리는 모래놀이터에서 혼자일 때가 많았다.

첫째가 30개월쯤 됐을 때였던가. 신선한 바람과 따듯한 햇살이 어우러져 바깥놀이 하기에 참 좋은 어느 날, 첫째가 인근 학교 모래놀이터에서 놀고 싶다고 했다. 그럴 때면 대부분 오케이! 하며 집을 나서는 편이다. 어린이집에 다니고 있지 않았기에, 자유롭고 여유롭게 아이의 요구를 들어줄 수 있는 그런 하루하루가 참 좋았다. 유모차에 타고 있던 둘째는 어느새 새근새근 잠이 들었다.

신나는 마음으로 도착한 학교, 역시나 아무도 없다. 첫째가 "형들은 어디로 갔을까?" 한다. 지난번 학교에서 처음 보는 형이랑 누나랑 모래 놀이도 하고 잡기 놀이도 했던 게 꽤 좋은 기억으로 남았나 보다. 아주 가끔 있는 일이었기에 그날도 몇 명이나마 놀고 있기를 기대하며 갔지만, 간간이 울리는 학교의 종소리만이 그 존재감을 알려줄 뿐 텅 빈 운동장은 적막하기 그지없었다.

그래도 아이는 학교 모래사장이 마냥 좋은지 어디선가 노란 플라스틱 그릇을 하나 주워와서는 차곡차곡 모래를 담았다가 쏟았다가를 무한 반복한다. 그러다 맨발로 학교 곳곳을 뛰어다니기도 하고 미끄럼틀과 시소를 타기도 하며 그늘이 학교 운동장을 서서히 덮어가도록 신나게 놀고 또 놀았다. 구름사다리를 오르내리다가 앞으로 꼬꾸라져 한바탕 울기도 했는데, "집에 가서 밴드 붙일까? 더 놀까?" 하니 눈물이 그렁그렁한 상태로 "더 놀아" 하는 아이가 무척이나 사랑스러웠다. 그렇게 한참을 뛰어놀 동안 학교 운동장에 놀러 오는 아이는 단 한 명도 없었다.

내 어릴 적 학교 운동장은 해가 뉘엿뉘엿 질 때까지 노는 아이들로 가득한 정겨운 곳이었는데. 공기놀이와 고무줄놀이, 얼음 땡 놀이와 말뚝박기 놀이 등등 이런저런 놀이로 시간 가는 줄 몰랐었는데. 7년 전 시골 학교에서 근무할 때만 해도 저녁 무렵 학교 운동장에 걷기 운동을 하러 가면 학교에서 놀고 있던 아이들이 우르르 달려와 함께 잡기 놀이도 하고 경찰과 도둑 놀이도 하며 잊지 못할 시간을 보내곤 했었는데. 왜 전교생이 천 명도 넘는 이 학교의 운동장은 이렇게 날마다 텅텅 비어있는 것일까.

우리 아이들이 모두 초등학교에 들어가서도 나는 아이가 원하지 않으면 학원에 보내지 않고 마음껏 놀게 허락해줄 생각인데 문제는 노는 아이들이 없다는 것, 함께 놀 사람들이 없다는 것이다. 놀이의 황금 시기인 초등학생들이 학교에서도, 학교 밖에서도 마음껏 놀지 못하고 놀이 욕구를 발산하지 못하며 억눌린 그 마음을 어찌하면 좋을까. 날마다 텅 비어있는 운동장을 보며 한없이 안타까워지는 것을 넘어 슬프기까지 한 건 비단 나뿐인 걸까.

공동체 육아의 필요성을 절실히 느끼며 관심을 갖게 된 것도 이 무렵이었던 것 같다. **해가 질 때까지 함께 모래 놀이를 하며 뛰어놀 수 있는 친구가 단 몇 명이라도 있다면, 신발을 벗고 학교 운동장을 뛰어다니고 모래놀이터에 엉덩이 깔고 앉아 한참을 놀아도 흐뭇하게 바라볼 수 있는 엄마 벗이 단 한 명이라도 있다면, 어린이집에 보내지 않고 이렇게 시간을 보내는 나의 마음과 같은 누군가가 딱 한 명이라도 있다면, 아이도 나도 외롭지 않게 오래오래 이 가치를 지켜나갈 수 있을 텐데.**

두 손 꼭 잡고 집으로 들어가는 길, 아이는 내일 또 학교에 나가 놀자고 했다. 나는 그러자 했다. 문득 편해문 선생님의 글 중에 '아이들아, 너희가 세상에 온 까닭은 웃고 노래하고 춤추며 아침부터 저물녘까지 동무들과 뛰놀기 위해서라고'라는 구절이 떠올랐다. 그날따라 그 구절이 내 마음을 콕콕 찔렀다. 내일은 운동장에서 저물녘까지 함께 뛰어놀 동무를 만날 수 있을까. 그날 밤 나는 오랜 고민 끝에 지역 커뮤니티에 놀이밥(편해문 선생님의 ≪아이들은 놀이가 밥이다≫에서 인용한 용어로서, 밥 먹듯이 놀이를 꼬박꼬박 챙겨주자는 뜻이다) 친구를 찾는다는 글을 올렸다. 그리고 나의 글에 적극적으로 공감해주는 엄마 두 명이 댓글을 달아줬다. 뜻이 맞는 사람이 어딘가에 이렇게 숨어 있었다는 사실이 그렇게 반가울 수가 없었다. 역시 적극적으로 나서보길 참 잘했다.

"정훈아! 우리에게도 친구가 생겼어! 내일 모래놀이터에서 만나기로 했어! 야호!!"

우리의 새로운 놀이 라이프가 시작됐다. 아이들은 텅 빈 놀이터를 꽉 차게 뛰어놀았다. 엄마들의 얼굴에도 환한 미소가 번졌다.

대체 기저귀는 언제 뗄 거니?

첫째와 둘째는 33개월 무렵, 셋째는 38개월 무렵에 스스로 기저귀를 뗐다. 세 아이 모두 네 살이 돼서야 기저귀를 뗀 셈이다. '배변에 대해서 만큼은 조금의 부담도, 스트레스도 주지 말자. 그저 아이가 신호를 줄 때까지 기다려주자. 아이의 시간표에 맡기자'라고 생각했던 지라 배변 훈련 같은 것은 따로 해본 적이 없다. 첫째 때는 아무리 기다려도 아이가 신호를 주지 않으니, 또래보다 기저귀 떼는 것이 제법 늦어진 것 같아 조바심이 나기도 했었다. 반면 둘째와 셋째는 형의 모습을 보고 자연스럽게 따를 것이며 '언젠가는 하리라'는 믿음이 있었기에 크게 조바심이 나지는 않았다. 아이들은 어느 순간 신호를 보냈고, 스스로 기저귀를 벗었다.

둘째는 33개월이 되던 어느 날, "엄마, 오줌이 나올 것 같아" 하더니 종이컵에 오줌 누기를 성공했다. 그리고 그날 이후로 거의 실패 없이 컵이나 변기에 오줌을 잘 누었다. 밤에 오줌을 싸는 일조차 없었다. 밤 중에 한 번씩 울면서 깨거나, 깨어나서 자리에 앉아서 끙끙하고 있으면 오줌이 마렵다는 신호였으니, 안고 화장실로 데려가 오줌을 누이면 그만이었다. 이불 빨래를 할 일도 없었다. 역시 자기만의 신호를 기다려주니 늦게 뗀 만큼 확실히 떼는구나 싶어 내심 흐뭇했었다.

그런데 문제는 대변이었다. 아이는 변기에 앉는 것을 너무나 싫어했고, 똥이 마려울 때면 기저귀를 가져와서 채워달라 했다. 그리곤 방에 혼자 들어가 똥을 누고는 세상 불편한 자세로 걸어 나왔다. 그 방에는 한동안 똥 냄새가 진동하니, 출입금지 팻말이라도 붙여놓아야 할 지경이었고, 기저귀와 엉덩이 뒤처리도 여간 불편한 일이 아니었다. 외출할 때도 똥이 마렵다고 하면 팬티를 벗고 기저귀를 해야 하니 당혹스럽기 그지없었다.

한 달이면 하겠지. 두 달이면 하겠지. 그렇게 기다려온 시간이 쌓이고 쌓여 아이가 벌써 5살이 됐다. 그때까지 단 한 번도 강요하지 않고 아이가 스스로 용기를 내주길 묵묵히 기다렸는데, 곧 네 돌 생일을 맞이하게 되고 두 달 후면 유치원에도 입학하게 되니 슬슬 조바심이 나기 시작했다. 저러다 유치원 갈 때까지 기저귀를 못 떼면 어쩌나 걱정이 되기도 하고, 5살이 되어도 여전히 변기를 무서워하는 아이가 조금 답답하기도 했다. 그러다 인터넷에서 우연히 예쁜 펭귄 변기를 발견했다.

"지환아, 이것 봐. 예쁜 펭귄 변기가 있네. 어때? 마음에 들어?"

"응, 좋아."

"여기에 앉아서 응가 하면 편안하고 재미있을 것 같은데, 지환이 할 수 있겠어?"

"응, 할 수 있겠어."

유아 변기를 사용할 나이는 이미 한참을 지나고도 남았지만, 처음부터 시작하는 마음으로, 아니 사실은 지푸라기라도 잡는 심정으로 일단 한 번 믿어보기로 하고 변기를 주문했다. 아이는 파란색 펭귄 변기가 꽤 마음에 드는 모양이었다. 막내가 그 변기에 앉고 싶어 하기에 "이건 형아 거야~ 형아 응가 성공하면 너 줄 거야" 하고는 둘째에게 너만 쓰는 거라며 안겨줬다. 둘째는 함박웃음을 지었다. 놀이방 책장 앞에 갖다 놓고는 변기에 앉아서 스티커도 갖고 놀고 레고 놀이도 하며 애지중지한다. 그러더니 어느 날 아이가 먼저 변기에서 응가를 해보겠다 했다.

아이의 시도는 반가웠지만, 곧바로 성공할 리 만무하다. 며칠 동안의 기다림의 시간이 더 필요했다. 변기에 앉았다가도 못하겠다며 다시 기저귀를 찾곤 하니 적잖은 인내심이 요구됐다. 그러던 어느 날 배가 아프다며 스스로 펭귄 변기에 가서 앉았던 둘째가 잠시 후 "똥이 안 나와" 하면서 다시 나왔다. 기저귀를 입어야겠다고 생각하고 있었는데, 또다시 언제 들어간 건지 "엄마 똥 눴어" 하며 멋쩍은 미소와 함께 걸어 나온다. "어? 정말? 언제?" 온 가족이 놀라서 변기로 달려갔다. 세상에!! 정말 예쁜 바나나 똥이 변기에 다소곳하게 누워있었다. "우와 최고야. 최고! 멋져! 멋져!" 우리는 기쁨의 환호성을 지르며 아이를 끌어안고 뽀뽀를 하고 난리가 났다.

얼마나 오랫동안 이 순간을 기다려왔던가! 오랜 기다림 끝에 얻은 결실이라 몇 곱절은 더 기뻤다. 양치질 다 하고 잠 잘 준비하고 있다가 우리 집은 갑자기 축제의 장이 됐다. 남편은 당장 외투를 입더니 아이가 배변에 성공하면 선물로 주려고 차 트렁크에 몇 달 동안 싣고 다니던 장난감을 가지고 달려왔다. 마치 지금 막 사 온 것인 양 연기를 하며.

너무나 오래 걸렸지만 결국은 때가 되어 아이 스스로 잘해줬다. 어떠한 강제와 압박도 없이 묵묵히 잘 기다려 준 우리 부부가 참으로 대견스러웠고, 오로지 본인이 선택한 날짜와 장소에서 생애 최초로 변기에 똥 누기를 성공한 아이도 기특하기 그지없는 아름다운 밤이었다.

막내는 세 돌이 지나고도 한참이 지난 38개월까지 기저귀를 벗고 싶다는 일말의 신호도 보내지 않았다. 한집에 형이 두 명이나 있는데, 형들이 화장실 가는 모습을 날마다 보는데, 형들을 따라 해 보고픈 마음이 전혀 없어 보이는 아이가 신기할 정도였다. '급할 것 없다. 언젠가는 신호를 보내주리라' 마음속으로 계속 되뇌며, 그 어떠한 무언의 압박도 없이 그저 묵묵히 기다려줬다. 그러다 38개월 어느 날 아이가 드디어 기저귀를 벗었다. 하의를 입지 않고 돌아다니며 거실과 방바닥에 실수하기를 수차례, 그렇게 일주일 정도가 지나자 오줌 누는 타이밍에 대한 느낌이 왔는지 드디어 소변 통으로 달려가 오줌 누기를 성공했다.

그 뒤로는 밤에도 실수하는 법이 없었다. 똥이 마려울 때는 둘째 형이 그랬던 것과 마찬가지로 기저귀를 가져오곤 하더니, 그것도 한 달을 넘기지 않고 자연스럽게 변기로 잘 넘어갔다. 형이 사용했던 펭귄 변기에 막내가 첫 응가를 성공한 날도 역시 우리 집은 축제의 장이 됐다. 온 가족이 손뼉을 치며 함께 환호했다. 늦어진 만큼 우리의 기쁨도 컸고, 아이의 성취감도 더욱 커진 듯 보였다. 한동안 소변 통에 오줌을 누고, 변기에 똥 누기를 성공할 때마다 아이의 표정에서 기쁨과 희열이 마구 피어올랐다.

우리가 이렇게 별다른 배변 훈련을 하지 않고 끝까지 불안감 없이 잘 기다려줄 수 있었던 건, 교대 재학 중에 배웠던 교육심리학 덕도 있었고, 첫째가 두 돌이 됐을 때 영유아검진에서 들었던 소아청소년과 원장님 말씀 덕분이기도 했다.

교육심리학에서 에릭슨의 심리사회적 발달단계에 따르면 배변 훈련을 하는 시기는 2단계, 즉 '자율성 대 수치심과 의심'의 단계에 해당된다. 이 시기에 자유로운 탐색과 경험을 인정해주어 성취감을 느끼게 되면 자기 통제에 대한 기본적인 자신감과 자율성을 획득하게 되지만, 부모가 지나치게 간섭하고 통제하며 혼내거나 겁을 주면서 자기 통제 행동을 가로막게 되면 자신에 대한 의심과 수치심을 갖게 된다는 것이다. 이는 우리가 아이들을 양육하는 데 있어서 배변 활동을 부모의 뜻대로 재촉하거나 배변 실수를 꾸짖는 등의 행동을 하면 안 되겠다고 마음먹게 된 중요한 이론적 근거가 되어 줬다.

그리고 첫째가 영유아검진을 받으러 갔던 소아청소년과 원장님은 영유아검진을 오랜 시간 정성껏 해주시기로 유명한 분이셨는데, 100일 무렵 검진에서는 모유 수유에 대해서 A4용지 한가득 필기까지 해가며 열심히 설명해주시더니, 두 돌 무렵 검진에서는 배변 훈련에 대해서 아주 상세한 설명을 곁들여 주셨다. 그때 하셨던 말씀의 요지는 '절대 서두르지 말라.'는 것이었다. 예로부터 우리나라만큼 배변 훈련을 서둘러 엄격하게 하는 나라도 없다고 하시며, 최대한 아이를 믿어주고 기다려주라는 것을 거듭 당부하셨다. 초보 육아 시절 그 원장님의 말씀은 나에게 곧 진리였으니, 나는 아이들을 키우며 그때 들었던 말씀을 늘 마음에 새겼다.

그렇게 세 아이들 모두 특별한 배변 훈련 없이 느긋하게 기저귀를 떼고 나니 이제는 확실히 말할 수 있을 것 같다. **아이들은 모두 저마다의 때가 있으니 부모는 그것을 믿어주고 기다려주기만 하면 된다는 것을.** 그 시기를 섣불리 부모가 정하고 조급해하거나 재촉할 필요가 전혀 없다는 것을.

잔뜩 사두었던 기저귀를 친구에게 다 물려주고 나니 어쩐지 조금 허전하다. 언제쯤에나 신호를 보내줄까 기다렸던 시간이 어쩐지 조금 그리워진다. 조금 더 여유로워져도 되겠다는 교훈을 한 번 더 마음에 새긴다. 앞으로 아이들이 걸어갈 여정 속에서도 괜히 엄마가 끼어들어 서두르고 재촉할 마음이 불쑥불쑥 올라오거든, 이때를 떠올리며 다짐해야겠다. 아이들이 가진 저마다의 시간표를 온전히 믿어주고, 조용히 그리고 묵묵히 기다려주자고 말이다.

딸 없는 아들 셋은 목메달이라고요?

붉은 노을이 예쁘게 물들어가는 이른 저녁, 오랜만에 온 가족이 다 함께 동네 산책을 나섰다. 아이들과 잡기 놀이도 하고 달리기 경주도 하고 보도블록 위를 콩콩 뛰며 캥거루 놀이도 하고, 나까지도 덩달아 신이 난다. 내가 참으로 좋아하는 서늘한 저녁 공기, 거기에 아이들의 깔깔거리는 웃음소리가 더해져서 하루 동안 고됐던 마음들이 사르르 녹아내리는 것만 같았다. 몸을 많이 움직여서인지 첫째가 출출하다며 새우 김밥이 먹고 싶다고 했다. 그러자고 하며 가까운 김밥 가게에 들렀다.

그런데 김밥을 말고 계시던 아주머니께서 깜짝 놀라시며 대뜸 "어머나~ 아들만 셋이에요? 아이고 엄마 정말 싫겠다" 하시는 거다.

그랬더니 옆에 계시던 할머니께서 "든든하니 좋구먼" 하며 기분 좋은 말씀을 해주셨는데, "아이고 좋기는 뭐가 좋아요. 장가보내면 그날로 장모 아들 되는 건데. 요새는 딸 없으면 안 돼요" 하시는 게 아닌가. 그 말투며 표정까지, 정말 너무 싫겠다는 그 표정이 무척이나 당황스러웠다.

"엄마 싫겠다"라는 소리를 우리 아이들이 들었으면 어쩌나, 저 말과 표정을 다 이해했으면 어쩌나 염려스러워 심장이 콕콕 쑤셔왔다. 아들 셋 함께 출동하면 워낙에 신기하다는 눈빛과 안쓰럽다는 눈빛을 많이 보내와서 내 마음도 어지간히 단련된 지라, 웬만해서는 웃고 넘기는 편인데 이번만큼은 기분 나쁜 감정이 쉬이 가시질 않았다.

"아들이 셋이라서 얼마나 좋은데요. 자기들끼리 친구처럼 잘 어울려 놀고, 옷값 걱정 덜고, 장가보내고 나면 엄마는 더욱더 자유로워질 수 있으니 얼마나 좋아요. 그때까지 자식과 너무 긴밀하게 연결되어 있으려는 건 욕심이잖아요. 저는 지금이 좋아요. 형제들끼리 잘 노는 모습만 봐도 얼마나 마음이 꽉 차는데요. 충분히 행복하고 감사해요"라고 말하지 못하고 나온 것을 후회했다. 아이들 앞에서 엄마 마음을 조금 더 명확하게 표현하는 걸 보여줬어야 했는데, 두고두고 아쉬운 마음이다.

나라고 처음부터 아들 셋을 바라고 있었겠는가. 아들 셋 엄마가 된다는 건 꿈에도 상상 못 할 일이었다. 아이를 낳기 전, 내가 꿈꾸는 육아의 장면 속에는 항상 딸이 자리 잡고 있었으며 셋째가 뱃속에 꼬물꼬물 자라기 시작했을 때에도 셋째만큼은 딸이기를 간절히 바라고 또 바랐다. 성별을 알기 전까지 거의 날마다 꿈에서 딸 낳는 꿈을 꿀 정도였으니, 그 간절함이 예상될 법도 하다.

하지만 아이의 성별이라는 것은 결코 부모 마음대로 결정지어지는 것이 아님을. 나는 셋째가 아들이라는 것을 알게 된 그 순간부터, 그동안 가졌던 딸에 대한 기대와 미련을 단 한 톨도 남김없이 모두 내다 버렸다. 그 후로 신기하리만치 딸에 대한 생각이 머릿속에서 사라졌다. 기대와 미련이라는 것은 0.1%의 가능성이라도 있을 때 생기는 것이므로, 가능성이 사라진 곳에 기대와 미련을 굳이 남겨놓을 필요는 없다. 비록 상상치도 못했던 일이기는 하지만 '아들 셋 엄마'가 된다는 사실을 온전히 받아들이고 나자 마음이 굉장히 편안해졌다. **이 아이들의 존재 그 자체가 소중한 것이지 딸이건 아들이건 그 소중함이 달라지는 건 결코 아니라는 깨달음도 얻었다.**

그러니 아들만 둘이건 셋이건, 엄마들은 정말 괜찮다. 다들 본인들의 삶에 만족하며 잘 지내고 있다. 그런데 왜 옆에서 이 엄마들을 가만히 두지 못해 안달이란 말인가.

아이가 하나면, 외동은 외롭다. 형제자매가 있어야지.
아들만 둘이면, 엄마는 딸이 있어야 하는데.

딸만 둘이면, 아들 하나 있어야 든든하지.

셋 이상이면, 자식 욕심이 많구나. 키우기 힘들어서 어쩌니.

거기에다 아들 셋이거나 딸 셋이면 온통 측은한 관심을 쏘아 보내는 이상한 세상 속에 살고 있으니 여간 피곤한 게 아니다.

> *우리는 아직도 각자의 상자에서 살고 있습니다. 이십 대가 살아야 할 상자, 삼십 대가 살아야 할 상자, 사십 대가 살아야 할 상자. 그 상자의 바깥으로 벗어나면 매년 명절마다 고문을 당하고, 주변 사람들로부터 측은하다는 이야기를 듣고, 실패한 인생이라고 손가락질을 받죠. 다른 것을 인정하지 못하는 현실에서 자존을 싹 틔우기란 여간 어려운 게 아닙니다. 바깥이 아닌 안에 점을 찍고 나의 자존을 먼저 세우세요.*
>
> – 박웅현, ≪여덟 단어≫

딸 하나, 아들 하나 골고루 있어야 금메달이라는 낡은 프레임 안에 점을 찍어두었다면, 아들 셋을 키우는 나의 목메달 삶은 아마 더 많이 고단했을 것이다. 하소연과 신세 한탄으로 소중한 시간을 날려 버렸을지도 모르겠다. 하지만 나는 삼 형제가 있는 이곳에 나의 점을 찍었고, 삼 형제의 엄마라는 사실이 충분히 자랑스럽고 좋다. 툭하면 엄마를 껴안고 뽀뽀하고 잠잘 때마다 내 곁을 떠나지 않는 아이들, 나에게 그저 이 천사 같은 아이들이 와 줬다는 것이 감사할 뿐, 성별이 어떠했든 아이 수가 어떠했든 그 마음이 달라지지는 않았을 것이라는 건 변하지 않을 진리다. 앞으로도 나의 웃는 얼굴이 그것을 대변할 것이며, 아이들과 함께 하는 행복한 삶으로 그것을 증명해줄 것이다. 나는 누가 뭐라 해도 금메달 엄마다.

어떻게 학습지도 안 시켜요?

※
※
※

"매일 학원 가고 밤늦게까지 학습지 하느라 힘들어 죽겠어요."

방과 후에 민철(가명)이가 갑자기 이런 말을 하며 엉엉 울기 시작했다. 몇 분 후 옆에 있던 친구들도 약속이나 한 듯 "나도 나도" 하며 따라 울었다. 시골의 작은 학교에 초임 발령을 받고 3학년 담임을 맡았을 때의 일이다. 나는 적잖이 충격을 받았다. 이것이 초등학교 3학년의 모습이라니 믿을 수가 없었다. 도시가 아닌 시골의 작은 학교였기에 더욱 그랬다. 면 소재지에 유일하게 딱 하나 있었던 학원에 우리 반 아이들 절반 이상이 다니고 있었고, 많은 아이가 학습지까지 병행하며 스트레스를 받고 있었다.

'죽고 싶다.'는 말이 적힌 종이들이 3학년은 열 명에 한 명, 5학년은 열 명에 두세 명꼴로 나왔다. 충격이었다. 죽고 싶은 이유는 학원 스트레스, 학교 부적응, 친구 문제, 가족 문제 등 여러 가지였다. 그중에서 학원 스트레스가 압도적으로 많았는데, 학원 스트레스에 대한 표현도 가지가지였다. "학원에 가라고 하는 엄마가 마귀 같다", "학원에 불을 지르고 나도 함께 죽고 싶다"….

– 이지성, ≪빨간약≫

이지성 작가님의 ≪빨간약≫에도 비슷한 일화들이 소개된다. 이렇게 고통받는 아이들이 많다니, 그것도 가정의 불화나 가난과 같은 이유보다 부모의 욕심에서 출발한 고통이 더 큰 비중을 차지한다는 사실이 무척이나 놀랍고 또 안타까웠다. 우리 반 아이들도 툭하면 우울하다는 소리를 했다. 한 아이가 "우울증 걸린 사람 손 들어봐" 하면 여기저기서 "저요. 저요" 하며 손을 들 정도였으니 말이다. 아이들은 겉으로 자주 드러내지 않았을 뿐 생각보다 많이 아파하고 있었다. 그때부터 나에게는 한가지 확고한 결심이 섰는데, 이다음에 결혼해서 아이를 낳게 되면 내 아이만큼은 절대 사교육으로 고통받는 일은 없도록 하겠다는 것이었다. 그리고 세 아이를 키우고 있는 나는 여전히, 아이가 원하지 않는 사교육에 대해서는 철저하게 반대론자다.

물론 아이들이 아직 어려서이기도 하지만, 결혼 전부터 세운 나의 결심이 워낙 확고했기에 그동안 사교육 앞에서 갈대처럼 흔들리는 일은 거의 없었다. 아이들과 함께 아파트 주변을 산책하다 보면 각종 학습지 영업사원을 수도 없이 만난다. 영업사원들은 엄마의 불안감을 제대로 자극하며, 지금 이 학습지가 아이의 월령에 얼마나 시의적절하게 중요한 것인지를 열심히 설파한다.

나는 학습지라는 도구 자체가 어린아이들의 발달에 별다른 도움이 되지 않을뿐더러 아이들에게 얼마나 큰 스트레스가 되는지를 잘 알고 있었기에(물론 모든 아이가 그렇다는 것은 아니다. 분명 그것을 즐기는 아이들도 있을 것이다), 그 어떤 유혹의 말에도 눈도 깜짝하지 않았다. 설득에 굴복하지 않고 웃는 얼굴로 "괜찮아요" 하며 지나가는 나에게 '어머, 어떻게 아직 이런 것도 안 시킬 수가 있어요? 아이에게 너무 무심한 거 아니에요?' 하는 눈빛을 비추는 영업사원도 더러 있었다.

아무렴 어떤가. 유년시절에는 그저 엄마가 책 많이 읽어주고 바깥놀이 마음껏 하며 실컷 뛰어노는 것이 최고라는 신념이 있었기에, 주변의 누가 무엇을 시킨다는 것에 관심도 없었고 내 아이가 아무것도 하지 않고 있다는 것에 대해서 불안한 마음도 없었다. 유명한 브랜드 전집이나 교구 세트를 사본 적도 없고 그 흔한 문화센터도 제대로 다녀본 적 없다. 굳이 시간 맞추려 종종거릴 필요도 없고, 왜 돈 들인 거 제대로 하지 않냐고 아이를 잡을 필요도 없는 단순한 삶이 좋았다. 행여나 크게 관심을 보이지 않는다 해도 그리 아깝게 느껴지지 않을 중고 책 사는 데 주로 돈을 썼다.

지금은 세 아들 모두가 책을 참 좋아하는 아이로 자라고 있으니,

중고 책이야말로 가성비 최고의 투자가 아닐까 싶다.

그렇다고 해서 사교육에 대해서 무조건 반대만 하는 입장은 결코 아니다. 내가 가진 사교육에 대한 반감은 '아이의 의사와는 관계없이 엄마 욕심에 의해 반강제적으로 시킨다'라는 것을 전제한다. 아이는 전혀 원하지 않는데 엄마 뜻대로 아이들을 여기저기 끌고 다니면서 "이게 다 너를 위한 것"이라고 말하며 아이를 힘들게 하는 것. 그렇게 엄마 만족에만 그치는 것에 대한 반감이 클 뿐, 아이의 필요에 의한 자발적인 사교육에 대해서는 긍정적으로 생각하는 편이다.

"엄마 나 수학 이 부분이 부족한 것 같아. 학교에서 들어도 잘 모르겠어. 학원 좀 다녀볼래" 하고 스스로 부족함을 인식해서 엄마에게 먼저 요청하는 사교육이라면 시켜주는 게 마땅하다. 이렇게 자발적으로 다니는 학원과 무작정 엄마가 등 떠밀어 다니는 학원에서 얻을 수 있는 건 하늘과 땅 차이다. 자기의 필요에 의한 것이므로 학원으로 인한 스트레스가 생길 이유도 없다. 오히려 배우고 성장하는 기쁨에 심취할 것이며 성취도 눈에 띄게 높아질 것이다. 미술이든 운동이든 영어든 사교육 현장으로 아이들을 보낼 때 생각할 건 딱 한 가지다.

"자발적으로 원하는 것인가. 그리고 그 안에서 배움의 즐거움을 얻고 있는가."

즐겁지 않으면 내적 동기를 불러일으킬 수 없고 내적 동기가 없으면 교육적 효과도 없을뿐더러 아이와 엄마 모두에게 괴로운 게임이 되고 만다. 아이와의 불필요한 기 싸움을 감당해야만 할 것이며, 아이와의 관계도 어긋나는 경우가 많다. 아이를 어딘가에 보내고 있는데 즐거워하는 기색이 보이지 않는다면, 또한 엄마 눈치를 보며 억지로 다니고 있다면, 과감히 그만두는 것이 좋다. 의미 있고 행복한 시간만으로 채워가기에도 아이들의 유년시절과 학창시절은 너무나 짧지 않은가. 아이들은 유년시절과 학창시절에 저장된 행복의 기억들로 앞으로 살아갈 날들의 힘을 얻는다. 부디 그 힘을 엄마가 앞장서서 모두 소진해버리는 과오를 범하지 않기를.

아이들에게는 자기가 원하는 것을 알아채고 부족한 것을 스스로 채워갈 힘이 있다. 그 힘을 발판 삼아 배움을 찾아가는 것은 온전히 아이의 몫으로 남겨두자. 그리고 아이의 제안을 묵묵히 기다려보자. 아이가 정말로 원하는 것이 생겼을 때 그것을 믿고 지지해주는 것, 그때야말로 우리가 사교육을 위해 통 크게 지갑을 열어야 할 때가 아닌가 생각한다. **엄마의 역할은 아이의 의지에 앞서서 여기저기 사교육 현장을 물색해주는 것이 아니라, 아이가 무엇을 할 때 눈이 가장 반짝거리는지를 알아차리는 데 있음을 꼭 명심했으면 좋겠다.**

눈물 쏟게 만든 알림장 메시지

나는 어린 시절 참으로 겁이 많고 내성적인 아이였고, 지금도 여전히 겁이 많다. 우리 아이(특히 첫째와 둘째)들도 나의 성향을 그대로 닮은 건지, 새로운 환경에 쉬이 다가가지 못하고 겁도 엄청나게 많은 데다 매사에 조심스러운 편이다. 조금 더 어렸을 때는 사람들이 많은 놀이터에 가는 것을 꺼렸고, 문화센터의 활동적인 수업 따위는 모두 좋아하지 않았다. 남자아이들이지만 길에서도 늘 엄마 아빠의 손을 잡고 걷는 것을 좋아해서 동네 이곳저곳을 산책하는 데 있어 도로 가로 그냥 뛰어간다든가 하는 등의 위험한 상황도 거의 없었다. 그런 성향 덕분인지, 셋째가 태어날 때까지 첫째와 둘째를 어린이집에 보내지 않고도 어렵지 않게 여기저기를 산책하며 보낼 수 있었고, 온종일 부대끼며 지내도 크게 힘들지 않았던 것 같다.

또 그런 성향 때문인지 첫째와 둘째 모두 어린이집 적응이 쉽지 않았다. 첫째는 네 살 중반에 처음 다니기 시작한 어린이집 적응에 실패하여 결국 3주 만에 그만두었고, 둘째는 낮잠까지 적응하는데 무려 5주라는 시간이 걸렸다. 두 아이의 적응에서 다른 점이 있었다면, 첫째는 '적응할 때 엄마의 단호함이 중요하다'는 선생님을 만났던 반면, 둘째는 '최대한 아이의 성향을 고려하여 느리게 가자'는 선생님을 만난 것이었다. 아이의 성향을 고려하지 않고 원의 적응 방침대로 강하게 밀어붙인 첫째는 적응에 처참하게 실패했고, 자신의 성향을 오롯이 존중받은 둘째는 옷감에 물이 스며들 듯 그렇게 서서히 적응해 나갔다.

둘째가 입소하기 전 원장선생님께서는 적응 기간에 엄마가 함께 교실에 들어가 있는 것은 안 된다고 하셨는데, 오히려 담임선생님께서 괜찮다 하시며 흔쾌히 둘째 곁에서 자리를 지켜주기를 권하셨다. 처음엔 3일 정도를 생각했다. 그런데 아이가 여전히 낯설어하기도 하고 엄마가 곁에 없으면 많이 불안해하는 것 같아 장장 6일간을 함께 했다. 심지어 만 6개월의 막내도 함께 그 교실을 지켰다. 그리고 7일째부터 처음으로 분리를 시도했다. 원장님께서는 함께 놀다가 몰래 슬쩍 빠져나오기를 권하셨지만, 담임선생님께서는 그러면 아이가 더 불안할 수 있다며 아이가 울더라도 다시 오겠다는 인사를 하고 가는 게 좋겠다 하셨다. 그래서 일단 한 시간은 함께 놀다가 "지환이 더 놀고 있어. 엄마 조금 후에 데리러 올게" 하며 인사를 하고 빠져나왔다.

예상했던 대로 아이는 문 앞에서 버둥버둥하며 세차게 울다가 선생님께 안겨서 들어갔다. 우는 아이를 떼어놓고 나올 때의 무거운 마음은 첫째 때와 별반 다르지 않았다. 새로운 곳에서의 적응 기간은 아이에게도 나에게도 참으로 힘겨운 시간이다. 그나마 6일간 함께 했던 시간에 대한 믿음, 그리고 그동안 교실에 함께 있으며 보아왔던 선생님에 대한 믿음이 있었기에 착잡함이 조금은 덜 했던 것 같다. 조금 후에 선생님께서 아이의 사진과 함께 메시지를 보내주셨다. 사진 속 아이는 울지 않고 친구들과 잘 어울려 놀고 있었다.

"어머님, 오늘은 처음으로 엄마와 헤어졌으니까 점심 먹기 전에 하원 하면 좋을 것 같아요. 엄마를 많이 기다리지 않게요."

한 시간 내내 울고 있으면 어쩌나 했는데 울음 그치고 놀고 있는 모습을 보니 마음이 한결 놓인다. 시간 맞춰 데리러 갔더니, 아이가 선생님 손을 잡고 나와서는 "엄마 보고 싶어서 울었어" 하는데 그 모습이 짠하면서도 참 예뻤다.

선생님은 날마다 커다란 스마트폰 화면이 꽉 차고 넘치도록 아이가 어떻게 지냈는지를 상세하게 적어 보내주셨다. 첫째가 적응에 실패했던 그 어린이집에서는 반 전체의 알림만 있었을 뿐, 개인적인 활동 이야기로 알림장을 써준 적이 단 한 번도 없었는데. 그만큼 아이들 개개인에 관심이 덜했고, 저마다의 성향에 대한 존중이 부족했다는 것을 뒤늦게 확인한 셈이다.

반면 둘째의 선생님은 얼마나 섬세한 눈으로 아이들을 돌봐주셨는지, 시간이 많이 흐른 지금도 참으로 고마운 마음이 크다. 선생님은 절대로 서두르지 않으셨다. 원의 방침이 어떻든 아랑곳하지 않으시고, 본인의 소신대로 아이의 성향을 고려해가며 아주아주 천천히 적응 과정을 진행해 가셨다. 7일 만에 엄마와의 분리를 시도했고, 분리해서 1시간 후 하원 하는 과정을 3일간 반복했다. 그리고 등원 10일 만에 처음으로 점심을 먹었다. 점심을 처음 먹은 날은 알림장을 거의 두 페이지 분량으로 써 주셨다. 아이가 어린이집에서 보내는 한순간 순간 놓치지 않고 살펴봐 주시고, 또 그것을 그대로 전해주시니 얼마나 감동이었는지 모른다.

"…처음부터 울지 않고 아주 잘 등원하는 친구들은 오히려 한두 달이 지나면 그때부터 울면서 적응했던 것 같아요. 지환이처럼 엄마와 헤어질 때 실컷 울고, 또 놀 땐 기분 좋게 놀고, 이렇게 적응해가는 모습이 저는 더 안정적으로 보입니다. 낯선 곳에 오는데, 엄마나 가족과 너무 잘 분리되어도 가족과의 애착 관계를 의심해봐야 한다고 하더라고요. 지환이가 엄마와 헤어질 때 우는 건 엄마와 그만큼 애착 관계가 잘 형성됐다는 것이니, 저는 지환이의 등원 모습을 긍정적으로 보고 있습니다. 막상 울음을 그치고 놀이가 시작되면, 단 한 번도 엄마를 찾지 않는 지환이랍니다. 밥도 골고루 잘 먹어서 깜짝 놀랐습니다."

선생님의 알림장 메시지는 볼 때마다 뭉클뭉클 눈물이 날 것 같았다. 선생님의 크나큰 정성과 배려 덕분에 아이는 근 5주 만에 낮잠을 시도했고, 큰 어려움도 스트레스도 없이 낮잠적응에도 성공했다. 비록 오랜 시간이 걸리긴 했지만 그렇게 자연스럽게 스며들 듯 적응을 완료할 수 있었고, 그 후로 단 한 번도 어린이집에 가지 않겠다고 말한 적이 없었다. 하원길에는 늘 함박웃음을 보여줬다.

첫째와 둘째의 적응기를 비교해 보니 아이의 성향을 고려하지 않은 '단호함'은 아이를 힘들게 했고, 아이의 성향을 고려한 '존중'은 아이를 피어나게 했다. 육아를 하다 보면 단호함과 존중 사이에서 갈팡질팡할 때가 참 많은데, 어떤 책이나 강연에서는 그것을 하나의 기법쯤으로 단정 짓는 경우도 많이 보게 된다. 하지만 육아는 일관된 기법과 규칙으로는 완성될 수 없다. 아이들 저마다 타고난 기질과 외부 환경을 받아들이는 속도가 다른데, 어찌 같은 속도로 세상을 받아들이고 적응해가길 바랄 수 있겠는가. **아이는 자신의 성향을 알아봐 주고 존중해주며 기다려주는 곳에서 숨겨져 있던 날개를 편다. 자신을 어떤 시선으로 바라보는지 귀신같이 알아차리고, 사랑의 시선을 주는 이에게 자신의 마음을 활짝 연다.**

세상에는 셀 수 없이 많은 문제 아이들이 있다. 그런데 변화에 성공한 아이들을 살펴보면 그 뒤에는 작은 제페토 할아버지가 있음을 알게 된다. 한 번 꾸짖기보다 열 번 믿어주고, 열 번 지적하기

보다 백 번 격려해주는 부모 또는 교사가 존재함을 알게 된다.

– 이지성, ≪빨간약≫

어린이집이나 학교에서 적응을 못 한다고 해서 크게 상심할 필요가 없는 이유다. 그저 자기에게 맞는 적절한 환경을 만나지 못했거나, 자기에게 마음을 쏟아 주는 누군가를 만나지 못했던 것뿐, 아이가 잘못된 것이라거나 엄마가 잘못 키웠기 때문이 아니라는 거다. 그런 걱정이나 죄책감일랑 이제 조금씩 거둬들이자. **내 아이에게 맞는 환경과 그 아이를 따뜻한 시선으로 바라보아 줄 누군가는 어디엔가 분명히 존재할지니. 행여나 어린이집이나 학교에 그런 누군가가 없다 해도, 엄마가 아이의 '단 한 사람'이 되어주면 되니 말이다.** 믿음과 기다림이라는 존중의 물을 잘 뿌려주기만 해도, 아이들은 콩나물시루에서 콩나물이 커가듯 그렇게 무럭무럭 자라날 것이다. 아이들은 본디 그런 존재다.

너만의 빛나는 별을 가꾸어 가렴

※
※
※

"엄마, 나는 색칠은 잘하는데 그림은 잘 못 그리지?"

"아니? 정훈이 그림이 얼마나 멋진데."

"예전에 유치원 다닐 때는 뭘 그릴지 생각이 잘 났는데, 어린이집에서는 뭘 그릴지 생각이 잘 안 나."

첫째가 5살이 되어 유치원에 다니기 시작했을 때 선생님께서는 첫째의 표현력이 좋다며 칭찬을 많이 해주셨다. 크로키 장에 한가득 미술 활동을 했던 것만 보아도 정말 다채롭고 기발하게 표현을 잘했던 것으로 기억된다. 인위적이지 않고 교사의 생각이 개입되지 않은 순수한 아이의 표현 그 자체였다. 본인도 자기의 작품들이 뿌듯하게 여겨졌나 보다. 한 번은 유치원에서 활동했던 크로키 장을 쭉쭉 찢어

내더니 몽땅 벽에 다 붙여달라고 해서 한쪽 벽이 아이의 그림으로 가득 차기도 했었다.

이사로 인해 즐겁게 잘 다니던 유치원을 그만두고 3개월 정도 새로운 어린이집에 다니게 됐을 때 아이는 표현의 막힘을 느꼈던 것 같다. 어린이집에서는 무엇을 그려야 할지 잘 모르겠다는 말을 자주 했다. 왜 그럴까 생각했는데, 수료하는 날 받아온 작품집을 보니 바로 느낌이 왔다. 어린이집 작품은 거의 모두가 교구 및 학습지 중심이었다(이곳 어린이집의 특성이었을 뿐, 모든 어린이집이 이와 같지는 않다).

병설 유치원에서는 온갖 재활용품들로 자기만의 스토리가 있는 무언가를 만들고 넓은 스케치북에 마음껏 표현할 수가 있어 신이 났을 텐데, 어린이집에서는 거의 날마다 교구를 이용하여 정형화된 무언가를 만들어야 했고 학습지 속 작은 공간에 자기 생각을 그려 넣어야 했으니 무척이나 답답했을 것이다. '창의력 천재로 태어난 아이들의 싹이 이렇게 획일적인 학습지 속에서 조금씩 조금씩 꺾여 가겠구나, 자기만의 취향과 개성은 더욱 존중받기 힘들어지겠구나' 하는 마음이 들어, 훗날 학교에 가면 더더욱 정형화된 교육 시스템을 거쳐야만 하는 현실이 참 안타깝게 느껴지기도 했다.

아이는 이미 그곳에서 자신의 표현이 제한됨을 느꼈고, 6살이 되고 얼마 지나지 않아 "나 미술학원 다니고 싶어"라고 먼저 말을 꺼냈다. 네 살 때 문화센터에 등록했다가 3주 만에 환불받았던 것을 제외하고는 단 한 번도 사교육 시장에 발을 들여놓지 않았던 아이다. 여섯 살에 학원을 보내는 것이 맞나 싶어 아이에게 정말로 다니고 싶은 것인지 묻고 또 물었다. 며칠간의 시간을 두고 몇 번이고 되물어봐도 아이는 한결같이 다니고 싶다고 했다.

이제 거스를 수 없는 때가 왔구나 싶어서 우리 동네 미술학원을 탐색해 보기 시작했다. 우리 집이 초등학교 바로 옆이었기에 지척에 미술학원이 제법 많이 있었는데, 선택 기준은 딱 하나였다. '아이가 자기의 생각을 마음껏 발산하며 즐거울 수 있는 곳' 그거 하나면 충분하다고 생각했다. 그래서 여러 명이 한 교실에 앉아 미술 스킬을 배우는 그런 미술학원은 일단 제외했다. 획일적인 것을 거부하는 이 아이는 그곳에서 오히려 스트레스를 키울 가능성이 컸다. 그렇다고 아이가 퍼포먼스 미술 같은 분야를 좋아했던 것도 아니다. 아이는 정적이면서도 제한 없는 표현을 원하는 성향이었다.

정말 다행스럽게도 그런 성향에 딱 맞는 미술학원이 한 군데 있었다. 유아동 전문 교육기관이었고 관찰기법을 중요시하는 곳이었다. 실물에 대한 충분한 감각적 경험과 세심한 관찰을 거친 후 창의적인 표현을 발산할 수 있도록 돕는다는 점이 마음에 들었다. 상담 예약을 하고 아이와 함께 미술학원을 처음 방문했던 날 선생님께서 오랜 시간을 할애하여 충분한 설명을 해주셨는데, 이야기를 듣고 나니 이곳의 교육철학이 더더욱 마음에 와 닿고 믿음이 갔다.

무엇보다 아이가 정말 정말 좋아했다. 선생님께서는 아이의 성향과 그리기 능력 정도를 알아야 소통과 교육에 도움이 된다 하시며, 아이와 단둘이 그림 그리고 대화하는 시간을 한 시간쯤 가지셨다. 그 시간을 마치고 선생님께서 하셨던 첫 번째 말씀이 "어머~ 어머니 어떻게 키우셨어요?"였다. 육아하면서 들어왔던 말 중에 최고의 극찬이었다.

아이가 낯가림 없이 소통이 잘 되고 자기 생각을 또렷하게 표현하며, 필력도 정말 좋고 어려운 과제를 몰입해서 해결하려는 의지가 놀랍다는 것이다. 사람을 그린 것을 보니 자존감이 아주 탄탄해 보이고 엄마 아빠의 사랑을 듬뿍 받고 자란 것 같다고 하셨다. 이사 오기 전 집의 벽이 온갖 낙서들로 가득 차 있었다고 하니, 아이들에게 펜과 종이를 마음껏 허용해준 것에 대해서 정말 잘하셨다며 나에게도 칭찬을 듬뿍 해주셨다. 덕분에 나의 자존감도 덩달아 올라가는 것 같고 가슴이 콩닥거릴 만큼 기분이 좋았다.

'아, 역시 아이들은 저마다 다르고 저만의 빛을 발하는 분야가 따로 있구나!'

아이가 4살에 처음 가 봤던 문화센터 체육 수업에서는 단 한 명도 즐거워하지 않은 아이가 없었는데, 오직 한 사람 우리 첫째만 적응하지 못하고 방방 뛰는 그 분위기를 싫어했다. 결국 3주 만에 환불받아 그만뒀고, 세 돌 갓 지나고 처음 다니기 시작했던 어린이집에서도 적응을 못 하고 너무 힘들어해서 12일 만에 퇴소했다. 5살부터 다녔던 병설유치원에서는 신기하리만치 적응을 잘하며 즐겁게 잘 다녔지만, 체육 수업과 체조 수업을 할 때는 도통 따라 하지 않고 혼자 빠져나와 있는 일이 많다고 했다. 체육 수업을 싫어하는 아이는 거의 없다고 하는데 이 아이는 왜 이럴까 싶어 '도대체 뭐지?' 하며 고민도 많이 되고 걱정도 되고 속상하기도 했었다.

우리 아이는 그런 성향이었던 거다. 체육, 체조, 율동 이런 걸 다 싫어했다. 미술은 좋아했지만 퍼포먼스 미술은 좋아하지 않았다. 그런 수업에 갔으면 선생님 눈에 그저 소심하고 자신감 없는 걱정스러운 아이일 뿐이었을 게다. 나의 시선 또한 그런 단점들에 꽂히기 시작하면 '내가 잘못 키우고 있는 건 아닌가'하는 염려스러운 생각들로 머릿속을 한가득 채우고 있었을 게다. 그러나 여기 미술학원 선생님께서 나도 몰랐던 아이의 장점을 많이 발견해주시고 아낌없이 칭찬해주시니 아이의 표정도 활짝 피어나며 더없이 행복해 보이고, 엄마인 나 역시 너무나 행복하고 감사했다.

상담을 마치고 나오면서 아이가 나에게 귓속말로 "엄마, 나 여기 내일 또 오고 싶어"라고 했다. 집에 와서도 미술학원에 또 가고 싶다는 말을 열 번도 더 했다. 스케치북에 꽃을 그리더니 미술학원 선생님 드릴 거라며 예쁘게 찢어서 꼬깃꼬깃 접어 두었다. 미술학원 가는 날까지 몇 밤 남았냐고 해서 다섯 밤 남았다고 했더니 유치원 입학식 날은 안중에도 없고 미술학원 가는 날만 오매불망 기다린다. 나까지도 첫 수업 날이 참으로 기다려졌다.

그 미술학원과의 인연이 어느덧 3년을 꽉 채웠다. 아플 때를 제외하고는 단 한 번의 결석도 없이 열심히 잘 다녔다. 일주일에 한 번만 가는 것이 너무나 아쉬울 만큼 아이는 미술학원만 갔다 하면 참으로 많이 웃고 즐거워했다. 선생님께서 보내주시는 수업 사진 속 아이의 활짝 웃는 표정이 그렇게 예쁠 수가 없다. 행복이 마구마구 피어오른다.

3년 남짓한 시간 동안 미술 실력이 얼마나 늘었느냐에 대해서는 생각해본 적 없다. 미술학원을 마치고 나올 때면 항상 "오늘도 즐거웠어?"라고 묻는다. 저마다의 개성과 표현력으로 누구나 칭찬을 받고 감동을 주고받는 곳. 우리 아이를 '예민함'이 아닌 '섬세함'으로 바라봐주는 곳. 여기만 다녀오면 아이뿐 아니라 엄마까지도 자존감이 업그레이드되는 마법 같은 곳. 아이들 저마다의 색깔을 존중해주시고 좋은 점과 잘하는 점을 최대한 찾아서 이끌어 주시는 이곳 선생님의 그 시선과 철학을 참으로 닮고 싶다.

미술 좋아하는 아이들이 행여나 미대에 간다고 하면 어쩌냐며 벌써부터 안 해도 될 걱정을 하는 이들도 더러 있지만, 미대에 가면 어떻고 또 안 가면 어떠리. 그저 커 가면서 자기만의 취향을 발견하고 자기가 진짜 잘하는 게 뭔지, 진짜 좋아하는 게 뭔지 스스로 찾아서 그 길로 쭉쭉 뻗어 나갈 수 있다면 무엇을 더 바라겠는가. 그 길이 어디든, 아이들 저마다의 색깔을 존중하며 그 길을 지지하고 응원하는 넓은 품의 엄마가 되어가기를 묵묵히 바랄 뿐이다.

| PART 4 |

존재가 이리저리 흔들리는 순간에도

- 스러져가는 '나'의 존재 일으켜 세우기 -

분홍색 머그컵에 담긴 엄마의 시간

육아 8년, 쉼 없이 달려온 무수한 시간 속에 온전히 나 혼자만이 누릴 수 있었던 시간은 과연 얼마쯤 될까. 가만히 돌이켜보면 첫째가 학교에 처음 가게 된 2020년 여름까지, 세 아이를 모두 기관에 보내 놓고 오직 나 혼자만 편안하게 보낼 수 있었던 시간은 단 한 번도 없었다. 첫째가 19개월이 될 때 둘째가 태어났고, 둘째가 24개월이 될 때 셋째가 태어났으며, 셋째가 24개월이 될 때 복직을 했으니 말이다. 그리고 첫째가 8살이 된 2020년에 다시 휴직을 결심하며 처음으로 아이들 모두를 기관에 보낼 수 있게 된 나는, 그 시간을 온전히 독서와 글쓰기로 불태워 보자 마음먹었었다. 1시간 이상의 통 시간이 여유롭게 주어진 적이 거의 없었던 나에게 정말 꿈만 같은 시간이었다. 너무나 설레는 마음으로 이날을 기다렸다. 하지만 그것마저 마음대로 되지 않았으니, 유례없는 코로나바이러스로 인해 또다시 세 아이 모두를 끼고 있어야 하는 상황이 발생해버리고 만 것이다.

첫째를 낳는 순간부터 그랬다. 아침에 눈을 뜬 순간부터 저녁에 잠이 드는 순간까지, 엄마 말고 '나'라는 사람에게 저절로 주어지는 시간은 단 10분도 없었다. 가만히 시간의 흐름에 내 몸을 맡겨버리면 어느 순간 아이들 뒤치다꺼리하다 저녁이 되고, 곧 잠자리에 들어야 했다. 그렇게 나만의 활동을 조금도 하지 못하고 잠자리에 누우면 그렇게 허무할 수가 없었다. 굉장한 허탈감이 밀려왔다. 온종일 감당해야 하는 육아의 과정들보다, 나의 존재감이 사라져버렸다는 사실이 어쩌면 더 힘겨웠는지도 모르겠다. 아이들은 눈에 넣어도 아프지 않다는 말이 딱 어울릴 정도로 너무나 예뻤고 아이들을 돌보는 일은 나에게 커다란 충만감을 안겨줬지만, 그와 함께 나의 존재감을 확인하는 일도 꼭 필요했다. 그래야 더욱 충만한 마음으로 육아를 할 수 있을 것 같았다.

그래서 책을 읽기 시작했다. 젊은 날에도 나름 책을 좋아한다고 생각했지만 그렇다고 책을 그리 많이 읽었다고 볼 수는 없다. 삶이 무난하게 흘러갈 때는 책을 찾지 않았다. 정말 마음이 힘들 때, 인생의 전환점에서 방황할 때, 그럴 때 몇 권의 책들이 방황하는 나를 일으켜줬던 것, 그 정도가 전부였다. 결혼 전 나만의 시간이 넘쳐 흐를 때도 책을 굳이 찾아서 읽지 않던 내가, 가장 시간을 내기 힘들다는 육아

기간에 인생을 통틀어 가장 많은 책을 읽었다니 참 아이러니한 일이다. 그만큼 책이 주는 위로의 힘이 컸다. 아이들을 돌보다 내 영혼이 스러져가는 것만 같은 그 순간에도, 책과 함께라면 나의 존재가 다시 깨어나는 것만 같은 그 기분이 참 좋았다. 무척이나 활동적이었던 내가 일터도 내팽개치고 방구석에서 어린아이 셋을 돌보며 단 한 번도 산후우울증을 겪지 않았던 것은 순전히 책 덕분이라 해도 과언이 아니다. 육아 덕분에 책과 둘도 없는 친구가 됐고, 책 덕분에 비교적 덜 허무한 마음으로 육아의 터널을 지날 수 있었으며, 현재는 내가 사랑하는 책들의 작가를 동경하며 더 큰 꿈을 키워가고 있기도 하다.

아이가 신생아일 때는 육아라는 것 자체가 너무나 서툰 데다 아이에게 엄마란 단 한 순간도 없어서는 안 될 절대적인 존재이다 보니, 날 위한 시간을 내기란 거의 불가능에 가까웠다. 특히나 우리 첫째와 둘째는 잠에도 무척 예민해서 낮잠을 누워서 자 준 적이 거의 없었으므로, 낮잠을 자는 동안 내 시간을 갖는 것은 꿈도 꾸지 못할 일이었다. 그 시간이 조마조마해서 아무것도 할 수가 없었다. 그때 내가 조용히 누릴 수 있는 유일한 시간은 오직 수유 시간뿐이었다. 그래서 수유를 할 동안 한쪽 팔로는 아기를 감싸 안고 한쪽 팔로는 책을 읽었다. 아기가 쪽쪽 젖을 빨아 먹을 때의 충만감과 책 속의 구절들을 만나는 짜릿함을 동시에 느꼈다. 젖을 빨아 먹다가 아이가 잠이 들면, 일부러 아이를 바닥에 옮겨 눕히지 않고 내 무릎에 그대로 누인 채로 책을 읽었다. 아이는 엄마의 체온을 느끼며 더 오래 잘 잤고, 나는 책과 함께 나의 존재를 반갑게 마주했다. 그러다 아이가 깨어나면, 더욱 기쁜 마음으로 아이를 맞이할 수 있었다. 의미 없이 핸드폰을 들여다보고 있다가 아이를 마주할 때와는 차원이 다른 기분이었다.

아이가 조금 더 자랐을 때는 포대기로 아이를 업은 채로 책을 읽었고, 조금 더 자라 유모차를 타기 시작했을 때에는 동네 산책을 하다 아이가 유모차에서 잠이 든 시간을 활용했다. 기저귀 가방 속에는 항상 책 한 권이 함께 자리하고 있었고, 아이가 잠이 들면 유모차를 앞에 세워두고 벤치에 앉아 책을 펼쳐 들었다. 그 시간은 몰래 숨어서 먹는 막대사탕처럼 나에게 꿀 같은 달콤함과 짜릿함을 선물해줬다. 책을 통해 나만의 확고한 육아관을 정립해가기도 했고, 책 속에서 힐링되는 문장들을 만나 공감하고 위로받으며 그렇게 힘을 얻기도 했다.

그렇게 수시로 책을 펼쳐 들고 읽다 보니, 글을 쓰고 싶다는 열망이 피어났다. 다른 누군가와 함께 나누고픈 책 속의 문장들이 늘어났고, 고단한 육아의 터널 속에서 마주한 수많은 감정 또한 마음속에 켜켜이 쌓여갔다. 형제 육아를 시작하면서 나는 굉장히 자주 두려워했고, 쉽게 분노하는 내 모습이 당황스러웠으며, 아이 앞에서 본성의 밑바닥을 드러내 버린 것에 대한 수치심 때문에 수시로 자괴감에 빠져들었는데, 그럴 때면 어김없이 글쓰기의 힘을 빌리곤 했다. 형제를 키워보기 전에는 단 한 번도 만나보지 못했던 내 안의 헐크를 만났던 날에는 아이들이 잠든 후 졸린 눈 치켜뜨며 눈물 바람으로 글을 썼다.

책 속의 문장과 내 감정을 잘 버무려 낸 한 편의 글, 그렇게 써내려간 나의 글을 읽고 또 읽으며, 오늘을 반성하고 내일의 희망을 노래했다.

아이들에게 괴물 같은 표정으로 쏟아부은 말들이 참담할 만큼 부끄러워, 누구에게도 말할 수 없었던 그때의 내 감정을 글로 털어놓지 않았더라면. 한 아이 뒤로 업고 한 아이 앞으로 안고서 어르고 달래다 눈물이 당장에라도 펑 하고 터져 나올 것만 같던 그런 날, 정말 애썼다고 수고했다고 나 자신을 토닥이고 위로해주는 글을 쓰지 않았더라면. 아이들이 너무나 예쁘고 사랑스러워서 '매일 오늘만 같아라' 싶을 만큼 마음이 꽉 차오르며 행복감으로 충만해질 때, 그 순간의 찬란한 감정들을 글로 남겨놓지 않았더라면. 지금의 웃고 있는 나는 과연 존재할 수 있었을까. 지금 과연 어떤 모습으로 육아를 하고 있을까.

"삼 형제 돌보면서 언제 그렇게 책 읽고 글 쓰고 해? 시간이 돼?" 하며 묻는 사람들이 있다. 그런 나를 신기하게 여기기도 한다. 하지만 삼 형제 육아를 하는 나에게 있어 독서와 글쓰기는, 시간이 나서 여유롭게 즐기는 그런 여가의 문제가 아니었다. 없는 시간 쥐어 짜내어서 필사적으로 쟁취해야만 하는 생존의 문제였다. 그것이 오늘의 나를 있게 했고, 새까만 감정의 구렁텅이에 빠질 뻔한 나를 건져 올려줬으며, 웃는 얼굴로 아이들을 바라볼 원동력이 되어줬다. 그러니 아이들이 함께 놀이에 열중할 때나 간식을 먹고 있을 때와 같은 짧은 시간조차도 그냥 흘려보내지 않으려 애썼다. 그럴 때만 잘 잡아도 30분 정도의 시간은 확보되기에, 필사적으로 그 자투리 시간을 나만의 시간 보따리에 차곡차곡 주워 담았다.

그렇게 잠시라도 시간이 확보될 때면, 나는 분홍색 예쁜 머그컵에 커피나 차를 가득 채워 식탁에 앉았다. 그리고 마치 커피숍에 있다는 느낌으로 책을 읽거나 글을 썼다. 그 30분만큼은 내 세상이다. 싱크대에 가득 쌓인 그릇, 바닥에 널브러진 빨랫감, 폭탄 맞은 거실 등 어지러운 집안의 모습에는 눈길조차 주지 않았다. '어차피 5분이면 다시 어질러질 집이다. 거기에 내 아까운 마음과 시간을 쏟지 말자' 마음먹고 눈을 질끈 감았다. 눈 한번 감아버리면 그만이다. 이제 나에게는 집 구석구석 어디서든 나의 소확행(소소하고 확실한 행복) 공간을 찾아내고 또 그 시간을 만들어내는 단단한 기술이 생겼다. 그렇게 만들어 낸 나만의 자투리 시간이 오늘 하루를 살아갈 강력한 힘이 되어주고 있음에 의심의 여지가 없다.

나 자신과 단둘이 대화할 수 있는 유일한 시간, 잠시 숨을 돌리며 하루를 정리할 시간, 나를 돌아보며 반성하고 다짐할 시간, 내 꿈을 끄적거려 볼 시간, 어떻게 '참다운 나'로 살아갈지 고민해볼 시간, 오늘 하루 너무 고생했다고 스스로 토닥거려줄 시간, 편안히 책 읽으며 휴식할 시간, 우리 엄마들에겐 그런 시간들이 너무나 절실하다.

더 이상 엄마만의 시간을 쟁취해가는 것에 죄책감을 갖지 말자.

더욱 당당히 그 시간을 요구하고 찾아 나서자. 아이와 남편을 바라보던 시선, 집안일에 향해 있던 시선을 잠시 거두고 '나'에게 오롯이 시선을 돌릴 시간을 고이 마련해주자. 나는 충분히 그럴 만한 가치가 있는 소중한 사람이니까. 그렇게 나부터 나를 아껴주고 내 시간을 쟁취하는 것에 거리낌이 없어질 때 육아도 한결 더 아름다워질 수 있을 테니까. 엄마가 자신을 먼저 아끼는 모습을 보며 아이들도 스스로를 아껴가는 법을 자연스레 배워갈 테니까. 엄마만의 시간을 쟁취해가는 그 값진 시간을 무한히 응원하며, 부디 그 시간을 내일로 미루지 않기를 바란다. 실행은 바로 지금부터다. 롸잇 나우!

소통하며 나를 드러낸다는 것

"힘을 가진 사람이 되기를 원하는가. 지혜를 가진 사람이 되기를 원하는가."

몇 해 전 교사 연수에서 강의하셨던 선생님께서 연수생을 대상으로 이런 질문을 던지셨다. 힘과 지혜 중 어떤 것을 가진 교사가 되기를 원하느냐고. 그분이 설명해주신 '힘과 지혜'에 대한 이야기가 참으로 신선하고 마음에 깊이 와 닿아서 아주 몰입해서 들었던 기억이 난다. 요약해보자면 다음과 같다.

힘이란, 상대방을 이길 때 생기는 것이다. 내가 상대방을 이기겠다고 덤비면, 상대방도 나를 이기겠다고 덤비게 되어 있다. 상대를 이

기기 위해서는 나의 약점을 가려야 한다. 결국 서로를 계속 가리게 된다. 서로를 가리는 곳에 진정한 소통은 없다.

지혜란, 나를 이길 때 생기는 것이다. 나를 이기기 위해서는 내가 어떤 사람인지를 알아야 한다. 그것을 '성찰'이라고 하는데, 진정한 성찰이란 '내가 나를 아는 것'에서만 끝나서는 안 된다. 남이 나를 어떻게 보는지를 아는 것도 중요하다. 이를 알기 위해서는 나를 드러내야만 한다.

나에 대한 이야기를 아이들에게 맘껏 들려주도록 하자. 선생님의 학창시절은 어땠는지, 왜 선생님이 되고자 했는지, 선생님의 꿈은 무엇인지, 선생님의 강점과 약점은 무엇인지, 어떨 때 기분이 좋고 어떨 때 화가 나는지, 나에 대한 많은 이야기들을 들려주고 나를 오픈해야, 아이들도 서슴없이 자기를 드러낸다. 그렇게 서로를 드러내면서 만나야 진정한 공감과 호흡이 이뤄지고, 진정한 교육의 출발선에 서게 되는 것이다.

– 이경원 선생님의 강의 중에서

위 내용에서 '교사'를 '사람 또는 엄마'로 바꿔 질문해봐도 좋다. 그리고 한 번쯤 깊이 있게 들여다볼 필요가 있다. 과연 나는 타인에게, 그리고 우리 아이들에게 얼마나 나를 드러내 보였는지. 나 자신은 꽁꽁 싸매고 보여주지 않으면서 타인과 소통되지 않는 문제를 논하지는 않았었는지.

'나를 드러낸다는 것'에 대해서는, 블로그를 시작하면서도 상당히 고민했던 부분이다. 내 아이들과 남편의 얼굴부터 시작해서 나의 사생활과 사소한 생각들까지 모두 오픈할 것인가 말 것인가. 얼굴을 가릴 것인가 보일 것인가. 이름을 밝힐 것인가 숨길 것인가. 긍정적인 면만 보일 것인가 부정적인 면도 함께 보일 것인가. 처음에는 이런저런 사소한 면까지도 신경이 쓰이고 고민이 참 많이 됐지만, 결국엔 모두 오픈하는 것으로 결론이 났다. 내가 블로그를 소통과 공감의 장으로 만들고, 선한 영향력을 주고받는 공간으로 만들고자 마음을 먹은 이상 나를 있는 그대로 오픈하지 않고서는 진정성 있는 글이 나오기 힘들고, 진정한 소통 또한 어려우리라 생각했기 때문이다.

그렇게 마음을 먹었기에, 글을 쓸 때면 나의 긍정적인 면과 더불어 부정적인 면까지 모두 오픈하는 일을 주저하지 않았다. 기쁨과 슬픔, 자긍심과 수치심, 희망과 불안, 안도와 걱정 등의 모든 감정을 솔직하게 있는 그대로 써내려갔다. 그렇게 있는 그대로를 나누고자 했던 나의 진심이 통했는지, 블로그를 오픈한 후로 나는 "덕분이다. 고맙다. 힘이 난다. 위안이 된다"와 같은 말을 참 많이 들었다. 그리고 많은 이웃님이 비밀 댓글을 통해 장문으로 자신들의 스토리를 들려주기도 하셨다. 나를 온전히 드러냈더니, 나의 글을 보는 이들도 자연스레 베일을 벗고 자신을 드러내기 시작한 것이다. 그렇게 오가는 '나'와 '너'의 이야기들 속에 진정한 소통이 싹트고 있었다.

그 어떤 조언의 말도 특별한 정보를 제공해주는 말도 아닌, 그저 나의 이야기를 풀어쓴 것뿐인데 내 덕분에 큰 도움이 됐다니, 힘이 되고 위안이 된다니, 이 얼마나 신기하고 감사한 일인가. 내가 한 일이라고는 블로그에 나의 일상과 생각이 담긴 글을 남긴 것밖에 없지만, 댓글로 참 많은 공감과 소통이 이뤄졌다. 슬프고 힘든 일이 있을 때는 한마음으로 기도하고 격려하며 함께 그 순간을 이겨냈고, 기쁘고 행복한 일이 있을 때는 함께 그 순간을 축하하고 축복했다. 비록 얼굴 한 번 보지 못한 랜선 인연이지만 오래 만난 친구 이상으로 든든하고 가깝게 느껴지는 것은 이런 진한 소통이 뒷받침됐기 때문이리라.

그래서인지 블로그 인연을 오프라인으로 직접 만나게 되면, 처음 얼굴을 마주하는 자리일지라도 전혀 어색하지가 않다. 끊임없는 대화가 펼쳐진다. 오직 글로서 꾸준히 소통해온 시간의 힘이 첫 만남의 어색함을 몽땅 뚫어 버릴 만큼 커진 덕이다. 오랜 친구보다 서로의 근황을 더 잘 알고 있으며 마음을 나눌 준비가 되어 있는 랜선 이웃들, 그리고 그간 나에게 기적적으로 다가온 신기한 인연들 모두 내가 오픈된 곳에 글을 썼고 진심을 다해 소통하고자 마음먹었기에 가능한 일이 아니었나 싶다.

나는 앞으로도 계속해서 글을 쓸 것이며, 나의 독자들과 진심을 담아 소통하는 삶을 살아갈 것이다. 그렇게 나의 글을 매개 삼아 많은 이들과 진심 어린 마음을 나눌 때, 나는 '살아있음'과 더불어 진한 '행복감'을 느낀다. 솔직담백하게 써내려간 나의 글에, 누구든 편하게 다가와 그들의 이야기를 들려줬으면 좋겠다. 그리고 지금 살아가는 이야기, 앞으로 살아갈 이야기들을 더 많이 나누고, 나의 스토리를 필요로 하는 독자들과 온 마음과 정성을 다해 소통해 갔으면 좋겠다. **그들과 함께 내 삶은 한층 더 풍성해질 것이다. 더 풍성해지는 만큼 나는 더 많이 웃을 수 있을 것이다. 이만큼 값진 사람 재산을 얻었으니, 다시 생각해봐도 '나를 드러낸 것'은 참 잘한 일이다.**

아이들 데리고 독서모임 해봤니?

"혼자서 책 읽기 외로우시죠? 우리 함께 읽어요. 엄마의 꿈을 가꾸는 독서모임, 〈엄꿈독〉 회원을 모집합니다. 아이 동반 가능합니다. 아이들 데리고 카페에서 모이기 힘들면 저희 집에서라도 모여요."

무슨 용기였을까? 막내가 14개월쯤 됐을 때, 아주아주 큰 용기를 내어 지역 맘 카페에 독서모임 회원 모집 글을 올렸다. 독서모임이라는 걸 단 한 번도 경험해보지 못했던 내가 독서모임 운영이라니, 모집 글을 발행하기까지 얼마나 큰 용기가 필요했는지 모른다. '독서모임을 과연 운영할 수 있을까? 어떻게 운영되는지도 잘 모르잖아. 지금까지 그랬듯 그냥 혼자 읽는 게 더 낫지 않겠어?'하고 몇 날 며칠을 고민하며 주춤거렸다. 하지만 내 안의 열망은 끝내 수그러들지 않았다. 지금 하지 못하면 앞으로도 못 할 것이고, 내내 아쉬운 마음을 끌어안고 살아갈 것만 같았다. 두 눈 질끈 감고 바들바들 떨리는 손으로 발행 버튼을 눌렀다.

두 살 터울의 삼형제 육아를 하며 나에게 가장 큰 힘이 되어준 것은 다름 아닌 책이었다. 그 누구도 알려주지 않았던 답답하고 막막한 육아의 터널 속에서 어찌해야 할 바를 몰라 책을 읽었고, 아이를 더 잘 키워보고 싶은 마음에 책을 펼쳤다. 아이들에게 화를 쏟아붓는 내 모습이 낯설고 당황스러워 그 마음을 들여다볼 수 있는 책을 찾았고, 방구석에서 아이만 보고 있는 내가 너무 아까워 나를 성장시켜줄 만한 책에 빠져들기도 했다. 힘들었던 순간은 차고 넘쳤지만, 책을 펼치면 언제나 그곳에 내가 바라던 메시지들이 숨어 있었다. 아니, 작은 물고기를 잡으려 그물을 던졌는데 커다란 고래를 낚아 올린 것과 같은 희열이 책 속에 가득했다. 그 희열을 벗 삼아, 무너질 법한 수많은 상황에서도 나는 오뚝이처럼 다시 일어설 수 있었다.

읽은 책이 한 권 한 권 쌓여갈수록 그 감동을 누군가와 함께 나누고픈 열망도 함께 쌓여갔다. 책을 읽고 공감하며 힘을 얻고 답을 얻는 것까지는 좋았는데, 때로는 그것이 너무 빨리 잊히고 실행으로 잘 옮겨지지 않는 아쉬움 또한 조금씩 커졌다. 책에서 이런 부분이 공감되고 좋더라고 이야기하면 "맞아, 나도 그래"하며 맞장구쳐 줄 사람, 내가 미처 발견하지 못했던 주옥같은 문장들을 먼저 발견하여 알려주고 함께 이야기 나눌 사람, 함께 목표를 세우고 격려해가며 독서에 대한 실천 의지를 함께 다져갈 사람, 그런 누군가가 너무나 절실해졌다.

책 동지를 만나려면 독서모임을 찾는 것이 가장 빠른 방법이었으나, 그때는 기관에 다니지 않는 38개월 둘째와 14개월의 셋째가 내 곁에 찰싹 달라붙어 있었으니. 아무리 찾아보아도 어린아이 둘을 데리고 나갈 수 있는 독서모임은 보이지 않았다. 엄마들의 독서모임은 몇몇 있었지만, 모두 아이들을 기관에 보내고 우아하게 만나는 모임들뿐이었다.

'그래! 없으면 내가 직접 만들면 되지!'하는 마음으로 용기 내어 맘 카페에 모집 글을 올렸고, 떨리는 마음으로 댓글을 기다렸다. '신청자가 아무도 없으면 어쩌지? 과연 나와 같은 마음의 엄마가 있을까?' 하는 마음에 그 기다림의 시간이 얼마나 길게 느껴지던지. 딱 3명만 답을 해주어도 참 좋겠다 싶었다.

그런데 웬걸, 생각보다 반응이 꽤 좋다. 모두 8명의 엄마가 모였다. 그중에는 100일 무렵의 아기를 데리고 오겠다는 엄마가 둘이나 있었다. 아이가 있어서 독서모임이란 건 꿈도 꾸지 못하고 있었는데, 이런 모임을 만나 너무 반갑고 기쁘다고 했다. '아이랑 함께 하는 게 과연 될까?' 하며 주저하는 엄마도 있었지만, 일단 함께 해보자 했다. 하다 보면 답이 나올 것이라고. 그렇게 여러 갈증과 열망들이 모여,

‘형식 없는, 비공식적, 아기 동반 가능한, 편안한 분위기의’ 엄마 독서 모임이 시작됐다.

첫 모임은 우리 집에서 이뤄졌고, 아이들이 곁에서 왔다 갔다 하는 편안한 분위기 속에서 진행됐다. 발제자도 없고 발제문도 없었으며 특별한 형식도 없고 과제도 없었다. 그저 같은 책을 읽고 그 책에 대해 함께 이야기를 나누는 것만으로도 우리에겐 충분했다. 함께 하는 매 순간이 뭉클함으로 가득 찼다. 이런 시간이 얼마나 그리웠던가. 육아에 전념하는 몇 년의 시간 동안 이런 만남에 얼마나 굶주렸던가. 아이들 장난감 이야기, 시댁 이야기, 남편 이야기 등의 소모적인 이야기들로 시간을 흘려보내는 것이 아니라 책과 함께 ‘오직 나’의 이야기들이 모이는 그런 꿈 같은 시간.

모임은 회를 거듭할수록 견고해졌고, ‘내 꿈은 무엇이었으며 앞으로의 꿈은 무엇인지, 나는 어떤 성향이며 어떤 점들이 나를 힘들게 하고 기쁘게 하는지, 어떤 아픔을 품고 살아왔는지’와 같은 이야기들이 책 이야기와 함께 술술 풀어져 나왔다. 그렇게 이야기를 나누다 보면 지금 당면한 문제들의 실마리가 자연스레 풀리기도 했고, 이유 없이 답답하게 짓누르던 묵은 체증이 가시기도 했다. 한 번 읽고 스치듯 잊혀버릴 이야기들이 이곳을 거치고 나면 오래오래 우리 곁에 남아 마음을 적셨다. 누구의 엄마가 아닌, 존재가 존재로서 만나 자신을 쏟아내고 또 위로받는 시간, 그 시간이 우리에겐 가뭄에 단비처럼 달콤한 힐링의 시간 그 이상이었다.

두세 시간의 책 대화는 마치 영양제와 같이, 한 주간의 육아에도 아주 큰 힘이 되어줬다. 2주에 한 번씩 모이는 독서모임 덕분에 책을 더욱 열심히 읽게 된 것은 말할 것도 없다. 아이를 재우고 나서도, 반찬을 만들면서도, 놀이터에서 아이들이 재미있게 뛰어노는 순간에도 우리는 책을 펼쳐 읽으며, 독서모임에서 어떤 이야기를 나눌 것인가에 대한 설렘을 고루한 일상 속에서 채워나갔다.

그때 용기 내어 모집했던 독서모임이 3년 가까이 잘 이어지고 있다. 중간중간 새로운 멤버를 모집했던 것도 아닌데, 참여 문의가 지속적으로 이어져 회원의 수도 쭉쭉 늘었다. 현재는 평일반, 주말반으로 나뉘어 30여 명의 아름다운 엄마들이 함께하고 있다. 책 모임을 원하는 엄마들이 이렇게나 많다는 사실이 얼마나 기쁘고 반가운지 모른다. 좋은 책을 발견하고 같은 책을 읽으며 함께 감동하고 또 함께 실천해가는 우리가 가슴 터지도록 자랑스럽고 소중하다.

더 많은 엄마들이 책을 읽었으면 좋겠고, 아이가 있더라도 용기 내어 함께 밖으로 나왔으면 좋겠다. 아이와 씨름하느라 집 안에서 지쳐가던 마음, 독서모임에서 위로받고 힘을 얻어 또다시 그 에너지를 가정과 세상으로 쏟아 줬으면 좋겠다. 책과 함께 꿈을 펼치고 행동하며 성장해가는 엄마들이 우리의 가정을 변화시키고 나아가 세상을 더 아름답게 가꾸어 갈 것이라 굳게 믿는다.

그래서 나는 앞으로도 엄마들에게 책을 권하며 함께 읽어보자고, 이 좋은 걸 함께 나누고 실천해보자고, 그렇게 외치고 다닐 것 같다. 내가 살면서 정말 잘한 일들 중 한 가지를 꼽으라면 엄마들과의 '아이 동반 가능 독서모임'을 만든 일이다. 곁에 누워 우리의 이야기를 함께 경청하던 100일 된 아가가 어엿한 청년이 될 때까지, 오래오래 함께 했으면 참 좋겠다.

엄마의 시간을 알아채는 귀여운 방해꾼들

2주 동안 오매불망 기다리던 독서모임이 있는 날이었다. 보통은 독서모임에 아이들을 데리고 가곤 했지만, 그 날은 셋째의 결막염이 살짝 남아 있어 데리고 갈 형편이 되지 못했다. 마침 친정 부모님께서 시간이 된다고 하셔서 둘째와 셋째를 친정에 맡기고 다녀오기로 했다. 우리 집에서 친정까지는 차로 10분, 친정에서 독서모임 장소까지 약 30분, 모임 시작 시각은 10시 10분, 그러니 늦어도 9시 20분쯤에는 집에서 출발해야 하는 상황이었다.

첫째는 밤새 또 심하게 뒤척였다. 덕분에 모두가 늦잠을 자버렸다. 원래는 남편이 첫째의 등원을 도와주고 출근을 하는데, 늦잠을 잤으니 어쩔 수 없다. 남편부터 서둘러 출근을 하고 홀로 남은 나는 부랴부랴 삼 형제와의 외출을 준비했다. 정신이 반쯤 나간 상태로 준비를 겨우 마치니 9시 15분. 유치원은 이미 지각이지만 그래도 이만하면 됐다. 이제 아이들만 잘 따라준다면 독서모임에도 늦지 않게 갈 수 있을 터였다. 하지만 생생한 육아 현장에서 변수는 언제나 존재하는 법. 집을 막 나서려고 하는데, 둘째가 똥이 마렵다고 한다.

'아아~ 타이밍 참 절묘하구나! 왜 하필 지금이니' 하는 생각을 속으로 삼키며 인내하는 마음으로 기다렸다. 평소 같았으면 짧게만 느껴질 그 시간이 한나절처럼 느껴졌다. 뒷수습을 끝내고 시계를 올려다보니 긴 바늘이 숫자 30을 향해 부지런히 달려가고 있었다. '아휴~ 제대로 늦었구먼!' 급한 마음에 아이의 바지를 서둘러 입혀주고 있는데, 우리의 자아 강한 둘째가 결정적인 한마디를 던진다.

"엄마, 나 까만 바지 입고 싶어."

'아아~~ 또 왜!!' 슬슬 끓어오르기 시작했다. 그런데 또 하필 옷장에는 검은색 바지가 없다. 건조기 안에서 열심히 돌아가고 있는 야속한 바지여. '참자. 참자.' 속으로 되뇌었지만 끓어오르는 감정은 이내 겉으로 표출되고야 말았다.

"검은 바지 없네. 지금 입은 옷도 예뻐. 그냥 가자."

짜증을 한가득 섞어서 얘기했나 보다. 나의 짜증 가득한 반응이 아이의 기분을 상하게 하고 고집을 더욱 부추기고 말았다. 아이는 주저앉아 울었다. 거기에 또 나의 짜증이 더욱 가속화되는 악순환이다. 그러는 사이 건조기에 있던 바지를 꺼내보니 어느 정도 말랐기에 친절하지 못하게 휙 내어주고 부랴부랴 집을 나섰다. 짐보따리를 들고, 여전히 울고 있는 아이 포함 세 아이를 챙겨 겨우겨우 주차장으로 내려갔는데 이번에는 차 키가 없다. 맙소사! 분명히 현관문 나서기 전에 챙긴 기억이 있는데 이것이 도대체 어디로 갔느냐 말이다. 가슴 속에서 활화산 하나가 활활 타올랐다.

아이들끼리 주차장에 두고 갈 수는 없으니 또 세 아이를 데리고 집으로 올라갔다. 다행인 건지 아닌 건지 자동차 열쇠는 현관문 앞에 얌전히 누워있었다. 바로 찾아서 다행이긴 하지만 나의 멘탈은 이미 탈탈 털린 상태다.

첫째를 등원시키니 이미 9시 50분, 친정에 아이들을 데려다주니 이미 10시. 평소 같았으면 제일 밝고 크게 인사하며 할머니 집을 들어섰을 둘째가 인사를 하지 않는다. 할머니가 아이의 기분을 풀어주고 달래는 사이, 나는 아이들에게 짧게 인사를 하고 친정집을 빠져나왔다.

기분이 너무너무 안 좋았다. 내가 지금 뭘 하자고 이러고 있는 건

가. 내가 먼저 행복해야 아이들도 행복할 것이라며, 이제 엄마도 엄마 행복 좀 찾아보겠다며 만들었던 독서모임이 아니던가. 너무나 좋은 기운 많이 얻어서 행복하기 그지없는 소중한 모임이다. 그런데 그 '행복'을 향해 달려가는 그 과정에서 나는 정녕 행복했느냔 말이다.

그곳에 가기 위해, 또 늦지 않기 위해 안간힘을 쓰며 아이들을 재촉하고, 아이들 말에 귀 기울일 여유를 갖지 못하고, 짜증 내고 울리고, 과연 이것이 바람직한가. 엄마의 꿈과 행복도 물론 중요하지만, 행복으로 가는 길이 이다지도 가시밭길이라면 나는 그 행복을 포기하고 '지금, 여기'에서 행복을 찾았어야 하는 것 아닌가. 저곳에 있는 행복이 '참'으로 행복하려면 그곳으로 가는 과정도 행복해야 하는 것 아니냔 말이다.

행복을 '마음이 평온하고 안정된 상태'라고 정의했을 때, 내가 그 순간에 행복한 마음을 유지하려면 어떻게 행동했어야 했을까? 방법은 2가지. 모임을 포기하던가, 늦었다는 사실을 인정하고 서두르는 마음을 내려놓던가. 뭐라도 하나는 버렸어야 했다. 모임을 포기했다면 아이들에게 재촉할 일도 짜증 낼 일도 없었을 것이다. 그리고 모임을 포기할 수 없었다면, 아이들을 재촉하고 짜증 낸다 한들 유치원이나 모임에 늦었다는 사실은 변함이 없다는 것을 빨리 인정하고 조금 더 마음의 여유를 가졌어야 했다.

우리는 수많은 상황에서 미래의 행복을 위해 현재의 행복을 유보하고 희생시키는 우를 범한다. **하지만 현재의 행복을 희생시켜서 얻은 그 행복은 과연 '참' 행복일까? 삶의 수많은 순간에서 '지금, 여기'의 '나'를 관찰할 필요가 있다. '나'는 과연 '지금, 여기'에서 정말로 행복한지 말이다.**

인생도, 살아있는 '지금, 여기'가 그 자체로 완성된 에네르게이아입니다. 에네르게이아를 비유하자면 춤입니다. 춤출 때는 순간순간이 즐겁습니다. 도중에 멈추더라도 괜찮습니다. 춤이란 어딘가에 도달하기 위해 추는 게 아니기 때문입니다.

– 기시미 이치로, ≪마흔에게≫

마음이 불편할 때는 책만큼 따스한 위로와 조언을 전해주는 것이 없다. 역시나 책 속에는 내가 고민하던 문제들의 해답이 고스란히 담겨 있었다. '그래. 우리네 인생이 어딘가에 도달해야 할 마라톤과 같은 것이 아니라, '지금, 여기'에서 순간순간 즐거우며 그 자체가 전부가 되는 춤과 같은 것이라면 나도 춤추듯 순간순간을 살아보자. 과정의 한 순간순간이 그 자체로 완성된 형태가 될 수 있도록, 지금 이 순간의 행복에 더욱 치열하게 몰두해보자.'

저녁 시간이 되어 식판에 밥을 담으려 하는데 첫째가 말했다.

"엄마, 나 김밥 먹고 싶어."

"그래? 그럼 같이 김밥 사러 갔다 올까? 걸어서 갈 건데 괜찮지?"

"응, 갈래."

그렇게 우리는 외출복을 챙겨 입고 이미 어두워진 저녁에 김밥을 사러 나갔다. 하루쯤 집밥 못 먹으면 어때. 아이들은 먹고 싶었던 김밥을 먹을 수 있어서 좋고, 나는 주방일 없어져서 좋고, 또 함께 저녁 산책을 즐길 수 있어서 좋고, 1석 3조의 기쁨을 안겨다 주는 이 순간을 버릴 이유는 없지 않은가.

김밥을 사러 가는 길, 나는 역시 아이들과 산책하는 순간이 참 즐겁고 행복한 사람이라는 걸 새삼 또 알아챘다. 서두를 일도 재촉할 일도 없이 그저 아이들 발걸음 속도 따라서, 힘 나면 함께 달리기도 했다가 또 힘들면 아무 곳이나 앉아 쉬기도 하면서, 이런저런 이야기 나누며 느리게 걷는 산책길을 내가 얼마나 사랑하고 있는지를. 아이들이 신나게 뛰어가는 모습을 보며 내 얼굴에도 흐뭇한 미소가 가득 퍼졌다.

김밥을 사서 집으로 돌아오는 길에 둘째가 힘이 들었는지, "우리 언제까지 이렇게 터벅터벅 걸어가야 하나" 한다. 그 말이 너무나 귀엽고 사랑스러워 한바탕 크게 웃으며 둘째를 꼬옥 안아줬다.

첫째는 김밥으로 꽃 모양을 만들어 보여준다.

"엄마 이것 봐. 꽃이야."

"우와 맞네. 예쁜 김밥 꽃이네."

아이들은 배가 빵빵해지도록 김밥을 금세 먹어치웠다. **저녁 산책과 예쁜 꽃 김밥으로 에너지 빵빵하게 충전한 우리는 '지금, 여기'에서 충분히 행복했다.**

엄마 건강 선언문

세 아이를 키우는 동안, 아이들이 돌이 될 무렵이면 마치 계획되기라도 했다는 듯 내 몸에 고장이 나곤 했다. 아이들을 돌본다는 핑계로 내 몸은 늘 뒷전에 두었던 탓이리라. 잠을 충분히 자지 못했고 영양가 있는 음식을 제대로 챙기지 못했으며 운동 또한 멀리했으니 탈이 나도 벌써 났을 터. 어떻게든 정신력으로 버텼던 몸이 아이들 돌쯤 되자 '이제 좀 살만하구나' 싶으니까 긴장이 풀어지며 무너져 버린 게 아닌가 싶다. 그래도 첫째와 둘째 때는 며칠 앓다가 곧 회복했던 것 같은데, 셋째를 낳고 일 년이 지난 2018년은 그야말로 '생전 처음 겪는 아픔의 집합'이라고 해도 과언이 아닐 만큼 몸 곳곳에서 탈이 나기 시작했다.

부모님의 권유로 위내시경과 대장내시경을 받아보기로 했다. 아직 40대가 된 것도 아니고 배변 활동에 불편함을 느꼈던 적도 별로 없었던지라, 사실은 힘든 검사과정을 겪어야 한다는 생각에 못마땅한 마음으로 병원에 갔다. 조금 긴장이 되긴 했지만, 당연히 금방 끝나서 '이상 없음' 소견을 듣고 홀가분하게 병원을 나서리라 생각했다. 하지만 우리네 삶은 제법 자주 예상을 빗나가곤 한다. 검사가 모두 끝나고 검사실을 나서는데 엄마의 표정이 안 좋다. '우리 딸 고생해서 어쩌니'하는 그 표정이다. 불길한 느낌. 부모님께서 검사실 밖에서 내시경 하는 모습을 모니터링하셨는데 용종을 세 개나 떼어내더라 하셨다. 그것도 제법 큰 용종을. 두 분이 그 화면을 보며 얼마나 심장이 철렁하셨을까 생각하니 가슴이 아프다. 걱정 많은 우리 엄마, 분명 발을 동동 구르며 속상해하셨겠지.

설명을 듣기 위해 진료실로 들어가는데 선생님께서 "어이구 젊은 분이 이렇게 혹이 있어서 어쩌나요. 보통 젊은 사람들한테는 잘 안 생기는데" 하신다. 그래도 색깔이나 모양으로 봐서는 크게 문제 될 건 없어 보인다 하시며 용종 떼어낸 부분에 대해 상세히 설명해주셨다. 위장에도 작은 혹이 하나 있었다. 세상에 이번 검진 안 했으면 어쩔 뻔했나. 부모님 권유가 아니었다면 젊음만 믿고 몇 년은 기약 없이 흘려보냈을 텐데. 용종이 암으로 발전한다니 생각만 해도 너무 아찔했다.

아침에 별생각 없이 병원에 들어섰다가 세상 우울한 사람이 되어 병원을 나왔다. 혹 같은 거 얼마든지 생길 수도 있지. 일찍 발견해서 떼어냈으니 얼마나 다행이야. 하며 가슴을 쓸어내리면서도 "젊은 사람한테는 잘 없는데" 하시던 의사 선생님 말씀이 자꾸만 귓가에 맴돌았다. 젊은 사람한테는 잘 없는 게 도대체 나한테 왜 생겼을까? 아이들에게 밤낮 시달려서 그런가? 나는 괜찮다고 생각했는데 알게 모르게 스트레스를 많이 받았나? 뭐지? 뭘까? 생산성 없는 추측만 하다 보니 모든 게 다 짜증스러웠다. 답답한 남편도 미워 보이고, 자꾸만 달라붙고 말 안 듣는 아이들도 모두 미워 보였다.

친정엄마가 우리 집에 오셔서 전복죽을 끓여주고 가셨는데 첫째는 뭐가 또 기분이 안 좋은지 할머니한테 인사도 잘 안 하고 묻는 말에 대답도 잘 안 한다. 엄마가 속상해하는 모습을 보니 나도 엄마만큼이나 속이 상했다. 6년간 휴직해서 내 몸 다 망가져 가며 아이들을 정성껏 키워온 결과가 고작 이 정도인가 싶어 자괴감이 밀려오고 속상함에 눈물이 줄줄 흘렀다.

이 집에 내 한 몸 편히 누일 곳이 없다니. 엄마와 아내라는 짐을 당장에라도 벗어 던지고 싶었다. 좀처럼 아이들에게 웃음을 보여주기도 힘들었다. 역시 병 앞에 장사 없다. 건강을 잃었다고 생각하니 기분이 나락으로 떨어지는 건 시간문제였다. 오랜 시간 금식을 하느라 힘이 없어서 그럴 거야. 뭐라도 좀 먹으면 나아지겠지. 내일이 되면 괜찮아질 거야. 하며 마음을 다독여 봤지만, 기분은 좀처럼 나아지지 않았다.

일주일의 시간이 흘러 조직검사 결과가 나오는 날도 얼마나 마음을 졸였는지 모른다. 3시쯤 병원으로 전화를 걸어 결과를 들을 수 있냐 여쭸더니 약간 뜸을 들이다가 6시 전후로 다시 전화를 주겠다 하셨다. 이상이 없으면 바로 알려줄 텐데 왜 다시 전화를 준다고 하지? 별의별 생각이 꼬리에 꼬리를 물고 이어졌다. 기다리는 3시간의 시간이 정말이지 지옥 같았다. 6시 20분쯤 전화가 왔다. 검진을 담당하셨던 의사 선생님과 직접 통화를 했다.

"조직검사 결과는 괜찮습니다. 다만 젊은 나이에 용종이 발견됐다는 것이 특이하고 선종 종류라서 조금만 더 발전하면 암이 될 수 있기에 꾸준히 관리해주셔야 합니다. 2년 뒤에 또 내시경 해보시면 되겠습니다. 이번에 검사 정말 잘 하셨어요" 하시는데 전화를 끊고는 안도감에 눈물이 주르륵 흘러내렸다. '감사합니다. 감사합니다. 이제 정말 새롭게 태어나는 마음으로 나를 가꾸며 살겠습니다' 마음속으로 수도 없이 되뇌었다.

하지만 그런 안도감도 잠시, 또 다른 아픔들이 연이어 나를 찾아왔다. 유방암 검사에서 혹이 발견되어 맘모톰 시술(전신마취나 커다란 피부절개 없이 진공 장치와 회전 칼이 부착된 바늘을 이용하여 유방 조직을 잘라 적출하는 진단법)로 혹을 제거해내기도 했고, 어느 날 갑자기 아이를 안다가 허리에 번개가 번쩍! 내리치는 급성요추염좌로 인해 옆으로 돌아눕지도 못하는 극강의 통증을 경험하기도 했다. 그뿐인가, 난데없이 급성중이염이란 녀석이 찾아와 3주 넘도록 치가 떨리는 고통을 안겨주기도 했다. 귀가 너무 아파서 입을 벌리고 씹는 것조차 힘이 들었고, 마치 수영장에서 귀에 물이 한 바가지 들어간 듯한 느낌이 종일 계속됐다. 소리도 잘 안 들리고 오른쪽 얼굴 전체가 마비된 느낌이 아주 불쾌했다. 가장 극심했던 날은 속이 너무 울렁거려서 위액을 몇 번이나 토해냈는지 모른다. 도대체 왜 이렇게 구토를 하는 건가, 귀는 원래 이렇게 안 들리고 종일 먹먹한 건가, 다른 이상이 또 있는 건 아닌가, 나아지기는 하는 건가 너무 불안하고 무서웠다. 이렇게 내 한 몸 건사하기도 너무 힘든 상황인데 아들 셋이 동시다발적으로 나를 찾고 나에게 달라붙고 하니 정말이지 너무나 힘들고 괴로워서, 아이들 앞에서 엉엉 울어버린 날도 있었다.

나을 기미가 없어 울상인 나에게 의사 선생님께서는 면역력에 따라 하루 만에 낫는 사람도 있고 두 달이 걸리는 사람도 있다 말씀하셨다. 아 그렇구나. 역시 면역력이 문제였구나. 병원에서 집으로 돌아오는 길, 너무나 우울하고 기분이 안 좋아서 충동적으로 홍삼 가게에 들렀다. 그동안 돌보아주지 않은 나의 몸에게 주는 선물이라 생각하자며 자그마치 23만 원이나 하는 홍삼진액을 일시불로 결제해 버렸다. 그리고 마음을 바꿔 먹었다. 그깟 중이염 네가 이기나 내가 이기나 한번 해보자고!

집에 들어와 온전히 나를 위한 밥상을 정성껏 차렸다. 팽이버섯

한 봉지를 뜯어서 프라이팬에 굽고, 냉장고 채소 칸에서 배추를 꺼내고, 아이들 주려고 구운 조기 다섯 마리 중에 두 마리를 쟁반에 담았다. 각종 밑반찬도 나눔 접시에 예쁘게 나눠 담았다. 이렇게 나만을 위한 밥상을 차려본 게 언제였던가! 밥상 앞에 앉으니 울컥하는 마음이 올라왔다. 조용히 음미하며 천천히 냠냠 맛있게 먹었다. 그리고 마음을 새로이 다지기 위해 블로그에 엄마 건강 선언문을 한 편 남겼다.

엄마 건강 선언문

나 이윤정은 이제부터 허둥지둥 대충 밥을 먹지 않겠습니다. 하루에 한 끼만이라도 날 위한 밥상을 제대로 차리고 제대로 먹겠습니다. 조기를 구워서 아이들에게 굵은 살 다 발라주고 남아있는 잔잔한 살들만 주워 먹는 짓은 이제 하지 않겠습니다. 온전한 한 마리 나의 몫도 꼭 남겨두겠습니다. 밥솥에 밥이 한 그릇 정도만 남아있으면 나부터 밥 한 그릇 뚝딱 하고, 그 힘으로 다시 새밥 지어 아이들을 먹이겠습니다. 딸기를 사면 한 팩을 온전히 아이들에게 다 씻어주고 나는 맛도 못 보는 짓은 하지 않겠습니다. 아이들과 둘러앉아서 함께 딸기를 맛있게 먹겠습니다. 사과 하나를 먹어도 아이들 먼저 다 잘라주고 남아있는 기둥만 뜯어먹을 게 아니라 온전히 나를 위한 사과 하나를 씻어서 먹겠습니다.

잠자지 않고 피곤해진 몸, 카페인으로 달래는 짓은 하지 않겠습니다. 아이들이 잘 때 나도 함께 자며 온전히 체력 보충하고 커피 아닌 우엉차, 유자차, 생강차 들로 내 몸의 온기를 채우겠습니다. 물을 항상 가까이하고 휴식을 적절히 취하며 운동을 꾸준히 하여 건강한 패턴을 이어가겠습니다.

내가 먼저 건강해지고 내가 먼저 온전한 나로 우뚝 서서 그 에너지로 아이들과 노래도 부르고 춤도 추겠습니다. 좋은 먹거리를 챙겨주고 아이들 건강을 위해서 힘써주겠습니다. 더 많이 웃어주고 더 많이 안아주며 이곳저곳을 함께 여행하고 즐기며 살겠습니다.

이 모든 것이 내가 건강할 때 가능한 일입니다. 아이들 대신 내가 아프면 좋겠다는 말은 모두 거짓이었습니다. 아이들에게는 몸도 마음도 건강한 엄마가 꼭 필요하다는 것을 이제야 절실히 깨달았습니다. 나부터, 엄마부터 건강해야 합니다. 고로 나는 지금 이 순간부터 아이들보다, 남편보다, 나를 가장 먼저 챙기고 아낄 것을 결심하는 바입니다.

한 해 동안 휘몰아치듯 찾아온 아픔을 계기로 이 세상 그 누구도 나 자신보다 소중한 사람은 없다는 걸, 이 세상 어디에도 나의 건강보다

더 소중한 것은 없다는 걸, 정말 뼈저리게 느끼고 깨달았다. 이제 더 이상 가족을 돌본다는 핑계로 나를 돌보는 일을 소홀히 하는 일은 없으리라. 그 누구보다도 내가 먼저 나를 아끼고 사랑해주리라. 이제부터 나는 가족들을 위해 희생하는 엄마가 아닌, 나를 가장 먼저 아끼며 내가 먼저 건강하고 내가 먼저 웃는 행복한 엄마로 다시 태어나리라.

참 많이 아팠고 바닥으로 주저앉고 싶었던 2018년, 그 해는 그간 젊은 날의 꿈을 잠시 내려놓고 가족의 그늘 뒤에 조용히 묻혀 살았던 '이윤정이라는 값진 존재'에 대한 탐색을 본격적으로 시작하게 해준 선물 같은 해이기도 하다. 그때부터 나는 남편과 아이들을 향했던 시선을 '나'에게로 아주 많이 돌렸다. 나를 가꾸며 나의 세계와 활동 영역을 조금씩 조금씩 넓혀나갔다. 나의 얼굴에는 생기가 더해졌고, 우리들의 관계 또한 조금씩 더 건강해졌다.

"얘들아, 미안하지만 엄마 먼저 밥 좀 먹을게!"

워킹맘, 제대로 가고 있는 거 맞아요?

유독 회의감이 깊어지던 출근길, 달려가는 고속도로 위에서 눈물을 훔치며 나 자신에게 질문을 던진다.

"너 지금 제대로 된 방향으로 가고 있는 거 맞니? 과연 이 길뿐인 거야?"

첫째의 첫 수술을 마치고 3개월쯤 지난 어느 주말 첫째가 많이 아팠다. 수술 후 모처럼의 장거리 여행길에서 멀미와 체끼가 겹쳤던 것이 월요일까지 이어졌다. 아이가 아플 때는 부모님께 아이를 맡기는 마음이 영 편치 못해서 남편에게 휴가를 쓸 수 있겠냐 물었다. 오후에 빠지기 곤란한 일이 잡혀있다 했다. 출근 준비를 하며 계속 머리를 굴

려봤지만 별다른 도리가 없다. 부모님께 부탁드리는 방법밖에 없겠다 싶어 누워있는 첫째에게 "오늘 할머니랑 지내도 괜찮겠어?" 하며 묻고 있는데, 옆에 있던 남편이 대뜸 짜증 투로 이야기한다.

"애가 아픈데 어떻게 맡기노! 내가 휴가 쓴다 안 카나!!"

순간 기분이 확 상했다. 한바탕 같이 쏟아붓고 싶은 걸 꾹 참고 집을 나섰다. 뭔가 울컥하는 것이 목구멍까지 올라왔다. 남편에게 문자를 보내 그 상황에서 꼭 그렇게 짜증을 내야 했냐고, 아이도 아픈 마당에 내가 지금 무슨 부귀영화를 누리겠다고 이렇게 엉망인 기분으로 출근을 해야 하는 건지 모르겠다고 했다.

그랬더니 남편은 너만 기분 엉망인 거 아니라고. 왜 너는 늘 휴가 쓸 생각을 안 하냐고. 지금 휴가를 쓰려면 최소 세 군데 전화를 해서 양해를 구해야 하는 상황이고 이제껏 필요할 때면 대부분 본인이 휴가를 써왔으니 출근하는 네가 그 정도 짜증쯤은 감수하라고.

그래서 나도 받아쳤다. 안 그래도 중요한 일들 취소하기 그럴 것 같아 친정엄마한테 전화해 보려던 참이었다고. 그 상황이 그 정도로 짜증 날 정도였으면 처음부터 부모님께 부탁하는 편이 백번 나았겠다고. 내가 2교시 수업만 하고 조퇴하고 갈 테니 당신은 오후에 출근해서 중요한 일을 처리하라고. 그랬더니 더 이상의 대꾸가 없다.

사실 교사는 휴가를 하루만 써도 그날 학급 아이들이 수업을 제대로 받지 못하고 다른 선생님들이 돌아가며 보결을 해주셔야 하기에, 아이들에게도 다른 선생님들께도 이만저만 미안한 게 아니다. 방학이라는 휴가가 따로 주어지므로 학기 중에는 웬만하면 휴가를 쓰지 않는 것이 암묵적으로 합의된 것도 사실이다. (이것도 어쩌면 남편이 보기에 이기적인 나만의 입장일 수도 있겠다) 남편은 언제라도 휴가를 쓸 수 있는 입장이다 보니 아이들이 아플 때마다 남편에게 책임을 넘기곤 했는데, 남편은 그게 계속 못마땅했던 모양이다. 아이가 아플 때 한 번쯤 쉬는 게 그리도 어렵냐며, 뭘 그렇게 눈치를 보냐며 1학기 때도 한번 다툰 적이 있었는데, 이번에 비슷한 문제로 또 터져버렸다.

착잡했다. 아이가 아픈 와중에도 꾸역꾸역 출근해야 하는 상황도 참 견디기 힘든데, 그럴 때마다 남편과 신경전을 벌이든지 누구 하나는 죄책감을 끌어안아야 한다는 사실이 굉장히 불편하게 느껴졌다. 고속도로를 달리며 여러 가지 생각이 스친다.

지금 무작정 달려가는 이 길이 정녕 옳은가?
당연한 듯 달려가는 이 길 말고 다른 길은 없는가?
유턴을 해서라도 내가 있을 자리로 돌아가는 게 맞는가?
기왕 직진하기로 한 거면 조금 더 즐겁게 달려갈 방법은 없는가?

꿈도 많고 이상도 크던 젊은 날, 나는 삶의 의미를 찾아 교사가 되기로 결심했고, 사립대 공대 졸업 한 학기를 남겨둔 상태로 자퇴하여 수능 공부에 열을 올렸다. 내 인생을 통틀어 가장 치열하게 살았던 한 해였다. 그리고 24세 교대 입학, 28세 경북 임용을 거쳐 꿈에 그리던 사회생활을 시작하였다.

좋은 교사가 되고자 하는 나의 포부는 상당했다. 주말이면 서울까지도 마다하지 않고 연수를 들으러 다녔고, 늘 배움에 대한 의지로 충만했다. 문화생활 일절 없는 시골 사택에 살았기에 몇 시간쯤은 기본으로 늦게 퇴근하며 다음 날의 수업을 준비하곤 했다. 젊은 교사가 가득한 시골 학교에서 근무하다 보니 2년 차에 연구부장 보직을 맡게 됐고 3년 차에는 지역 교육청에서 신규교사 대상 연수 강사로도 서 봤다. 지역 교과서 집필 위원으로도 참여했고 인성교육연구대회에서 교육감상도 받았다. 교장, 교감으로 승진하고자 하는 꿈은 전혀 없었지만, 수업 및 학급 경영에 있어 전문가가 되고자 하는 열정과 욕심은 누구보다 컸다.

그랬던 내가 내 모든 꿈을 뒤로하고 6년간 육아에 전념했다는 건, 나를 포함하여 누구도 예상하지 못했던 일이다. 누구보다 학교 일에 열심이었고 활동적인 성향도 강했던지라, 함께 근무하던 친한 동료 언니는 “너 집에 갇혀 있는 거 힘들어서 분명 6개월 만에 학교 돌아올 거다”라며 호언장담까지 했었는데 말이다.

나는 신기하리만치 새로운 ‘감금’ 생활에 잘 적응했다. 물론 힘들지 않았다고 하면 거짓말이겠지만, 학교 생각이 눈곱만큼도 나지 않을 만큼 내 아이들은 너무나 예뻤고, 내 꿈을 모두 집어삼켜도 좋을 만큼 아이들이 커가는 것을 바라보는 기쁨이 컸다. 꿈은 나중에도 충분히 꿀 수 있지만, 아이들이 자라는 모습을 볼 수 있는 건 '오직 지금뿐'이라 생각하니 그 시간이 나에겐 더없이 소중하게만 느껴졌다.

그리고 6년 만에 다시 돌아간 학교, 나는 그곳에서 다시금 꿈을 꾸기 시작했고 더 잘하고 싶은 마음이 내 안을 가득 채웠다. 열심히 책도 읽고 연수도 들으며 한참 동안 비어있던 꿈 그릇을 채워보려 노력했다. 그런데 그렇게 그릇을 채우려 노력하는 모습 이면으로 현실적인 장애물들 앞에서 수없이 좌절하고 포기해버리는 내 모습이 보였다.

아무리 버둥거리며 노력해도 거의 날마다 지각을 할 수밖에 없는 삼 형제 엄마 겸 장거리 출퇴근자…. 아무리 평화로워지려 마음을 다잡아도 어수선하고 예민해지는 아침 시간…. 조금이라도 수업연구를 더 하고 싶고 학급운영에 대한 고민을 해결해 나가고 싶어도, 수업 연구는 커녕 업무도 제대로 마무리하지 못한 채 막내 하원 시간에 맞추어 부랴부랴 퇴근해야만 하는 상황의 연속….

여기서도 아등바등 저기서도 아등바등. 내 아이들과도 더 잘 보내고 싶고, 교사로서의 자질도 더욱 키워가고 싶은데…. 두 가지 중 한 가지도 제대로 잡지 못한 채 중간에서 우왕좌왕 갈팡질팡하는 나는,

전에 없던 장애물들 앞에서 다시 묻고 또 묻는다.

'너 지금 제대로 가고 있는 거 맞니?'
'이것이 정녕 네가 원하던 길이니?'

그 물음은 대답 없는 메아리가 되어 계속해서 내 가슴을 찔렀다. 문득 어느 강연에서 봤던 내용이 떠올랐다. 어떤 갈림길에 서서 갈피를 못 잡고 갈팡질팡하고 있다면 이 질문을 한번 던져보라고. 이 질문을 던져보면 답은 의외로 쉽게 나올 거라고.

'나에게 남은 시간이 1년뿐이라면 어떤 선택을 하겠는가?'

이렇게 스스로에게 질문을 던져보니 정말로 답은 그리 멀리 있지 않았다. 지금과 같은 반쪽짜리 삶은 결코 내가 원하는 삶이 아니었다. 아픈 아이를 뒤로하고 착잡한 심정으로 출근을 해야 하고, 출퇴근길 모두 예민하게 운전을 하며 서두르고 재촉하는 것이 일상화된 하루. 이곳에서도 저곳에서도 충만함을 느끼지 못한 채 그저 열심히 달리기만 하는 삶. 그런 삶으로 내 남은 1년이 다 채워진다면 그 허무함을 어찌할 것이냔 말이다. 내면의 소리는 자꾸만 내 귀에다 속삭인다.

'아이들 크는 거 금방이잖아. 너 지금 아이들과 시간 더 보내고 싶잖아. 아플 때만이라도 죄책감 없이 아이들 옆에 있어 주고 싶잖아.

조금이라도 더 어릴 때 아이들이랑 이곳저곳 산책하며 재촉하지 않고 느릿느릿 보내고 싶잖아.'

그렇게 자꾸만 불쑥불쑥 회의감과 고민의 심정들이 올라오는 와중에, 정년퇴직을 2년쯤 앞둔 선생님께서, 그 마음에 더욱 불을 지피는 말씀을 해주셨다.

"지금 이 순간 나에게 더 가치 있는 일이 뭔가 생각해봐요. 애들 어린 시절은 지금뿐이잖아. 난 우리 아이들 어린 시절에 대한 기억이 별로 없어. 일하랴 애 키우랴 힘들었다는 기억밖에는. 그저 시간이 빨리 가서 애들이 얼른 자라기만을 바랐었지. 세월이 이렇게 흐르고 나서 돌이켜보면 참 후회스러워요. 자기들은 알아서 잘 컸다고 하지만 마음 한구석이 얼마나 짠한지. 그때 난 너무 소중한 걸 많이 놓치고 살았던 것 같아. 왜 그 길 하나밖에 없다고 생각했었는지 몰라.

돈은 나중에도 벌 수 있고 꿈도 나중에 얼마든지 키울 수 있거든. 부디 정말로 소중한 것, 가치로운 것을 너무 놓치며 살지 않았으면 좋겠어. 젊은 엄마들한테 이런 이야기를 꼭 해주고 싶다는 생각이 요즘 참 많이 들어요."

그렇게 말씀하시는 선생님의 눈가에 그렁그렁 눈물이 맺혔다. 선생님의 회한 어린 말씀이 내 마음을 후벼 파도록 적셨다. 조금 더 또렷해지는 느낌이었다.

오랜 세월이 지난 후 어디에선가
나는 한숨지으며 이야기할 것입니다.
숲속에 두 갈래 길이 있었고, 나는-
사람들이 적게 간 길을 택했다고,
그리고 그것이 내 모든 것을 바꿔 놓았다고

-로버트 프로스트, ≪가지 않은 길≫

스물셋, 내 삶의 의미를 찾아 몇 갈래의 길 중에서 사람들이 적게 간 길을 선택했던 나는 서른여덟, 또 다른 갈림길 앞에서 가열차게 방황했다. 그 방황 끝 선택은 또 한 번의 휴직이었다. 20대 후반의 늦은 임용, 4년 근무, 6년 휴직, 복직 후 1년 근무, 또다시 휴직. 나의 휴직 경력은 이미 근무 경력을 훨씬 넘어섰다. 친정엄마는 늦게 임용된 열정적인 딸이 직장에 나가지 않고 집에만 있는 모습을 매우 안타까워하셨고, 나에게도 그것은 쉽지 않은 결정이었다. 하지만 **나는 돈과 경력 대신 지금 이 순간 '적어도 나에게' 가장 가치 있고 행복할 수 있는 길을 선택했고 지금도 그 선택을 후회하지 않는다.**

아이들을 두고 일터에 나가는 것과 아이들이 원할 때 곁에 있어 주는 것, 그 선택지에서 무엇이 옳고 그른 것인지 논할 수는 없다. 다만 그 선택의 중심에는 반드시 '나'가 있어야 한다. 내가 추구하는 가치와 행복의 기준이 먼저 정립되어야 함이 옳다. 내가 일터에 나갈 때 더 많이 웃게 되는지, 일터에 가지 않고 아이들과 시간을 보낼 때 더 많이 웃게 되는지 면밀히 관찰해볼 필요가 있다. 그것이 빠진 선택지는 분명 가지 않은 길에 대한 미련을 남길 것이며 남 탓, 환경 탓, 신세 탓으로 행복과 반대되는 것을 끌어당길 경향 또한 매우 클 것이기 때문이다.

가열차게 방황하고 치열하게 고민해보자. 우리 앞에는 한 가지 길만 있는 것이 아니라 여러 개의 갈림길이 있으며, 우리에게는 그 길을 선택할 힘이 있다. 설사 그 갈림길에 내가 원하는 선택지가 없다 하더라도, 척박한 길을 새로이 개척해 나갈 방법도 어디엔가 있다는 걸 자각할 수만 있다면, 그리고 조금의 용기를 낼 수만 있다면, 적어도 우리는 끌려다니는 삶을 살지는 않을 테니.

살면서 내게 가장 힘들었던 한해로 2019년을 꼽는다. 아이가 많이 아팠고 그 와중에 출근을 감수해야 했던, 너무나 속상하고 고단한 한 해였다. 하지만 워킹맘으로 살던 그해의 고단함과 방황은 결코 헛된 시간이 아니었음을 안다. 오히려 나에게 진정 소중한 가치는 무엇인지, 그 가치를 해치지 않는 선에서 내가 할 수 있는 일은 무엇인지, 끊임없이 고민하고 탐색할 수 있었던 의미깊은 시간이었다.

앞으로도 내 앞에는 무수히 많은 갈림길이 나타날 것이고 나는 그 앞에서 끊임없이 나 자신에게 질문을 던지며 방황할 것이다. 때로는 넘어져 울기도 할 테고 머리를 쥐어뜯으며 지난날을 후회할 일도 생기겠지만 그 또한 필연적인 과정임을 받아들이기로 한다. 그 과정이

나를 더 단단하게 만들어줄 것이며 다음의 더 나은 선택에 팁을 줄 테니 오히려 감사한 시간이라 되뇐다.

고뇌 속에서 나는 또 한 뼘 자랐다.

나에게 주어진 시간이 1년뿐이라면

아이의 아픔과 나의 아픔을 골고루 거치며 고통의 시간을 겪어내고 보니 한 가지 확실한 명제가 내게로 다가왔다. 바로 '내일은 없다'라는 것. 6년의 휴직 끝에 야심 차게 복직한 학교를 3개월 만에 다시 쉬어야 하는 상황이 생기게 되면서 머릿속이 무척 복잡해졌다. **'마음 속에 그 어떤 원대한 꿈과 야망과 계획들을 가득 채워 넣고 있다 해도 그것은 내 뜻과 다르게 하루아침에 신기루처럼 사라져버릴 수도 있겠구나', '미래만 바라보며 현재를 놓치고 살기엔 너무나 덧없는 생이구나'** 하는 깨달음들이 온몸으로 사무치게 파고들었다.

당연하게 여겨오던 평범한 일상이 하루아침에 무너져버릴 수도 있으며 사랑하는 사람을 당장 마주하지 못하게 될 수도 있다는 슬픈 자각. 그러니 **오늘 해야 할 일과 하고 싶은 일을 결코 내일로 미뤄서**

는 안 될 것이며, 사랑한다는 말과 고맙다는 말을 바로바로 전하면서 내 하루를 후회 없이 충만하게 가꿔 가야겠다는 다짐까지도.

많은 책에서 죽음을 이야기한다. 인간은 죽음 앞에서 가장 진실해질 수 있으니, 제대로 살려거든 죽음을 의식하며 살라 한다. 죽음이 나의 코앞에 와 있다면 나에게 가장 소중한 가치, 내 삶의 본질, 내가 진정으로 남기고 싶은 것 등이 비로소 보이게 될 테니까. 그런데 죽음을 의식한다는 것이 어디 그리 쉬운 일인가. 그것은 그 자체만으로 너무 두려운 일이며, 상상하고 싶지도 않은, 그저 회피하고 싶은 일이기 때문이다. 그렇기에 우리는 영영 죽지 않을 것처럼 오늘을 살아가는 것인지도 모르겠다.

책에서 죽음을 마주해보라는 이야기들을 보면서도 차마 용기를 내지 못했다. 마주하고 싶지 않았다. 하지만 이것 또한 언젠가는 받아들여야 할 일이 아니겠는가. 가족들이 모두 잠든 어느 고요한 밤, 큰마음 먹고 죽음을 한 번 상상해보기로 했다. 나에게 남은 시간이 1년뿐이라고 상상하며 차분히 글을 써내려갔다. 그런데 너무 몰입했나 보다. 혼자 감성에 젖어 오열하듯 눈물을 와르르 쏟아냈다. 다음날 퉁퉁 부은 개구리 눈에 나 스스로가 깜짝 놀랄 정도로 말이다. 그때 쓴 일기와 편지를 이곳에 공개해본다.

내가 만약 1년 뒤에 죽는다면, 남은 시간을 어떻게 보낼까?

이제 나에게 남은 시간은 1년뿐이다. 모든 계절을 한 번씩 겪고 나면 나는 이 세상에 없다. 우리 가족들과 보내는 마지막 겨울, 마지막 여름이 되겠구나. 그 시간을 무엇으로 채워가면 좋을까?

일단 모든 사진에 내 모습이 예쁘게 담길 수 있도록 미용실로 달려가 머리를 근사하게 다듬어야겠다. 결혼한 이래 미용실 가는 돈이 제일 아깝다며 1년에 한두 번 커트하는 것 말고는 한 번도 미용실에서 돈을 쓴 일이 없었는데, 이번만큼은 조금 더 예쁘게 파마도 하고 염색도 해보자. 예쁜 옷과 신발, 화장품도 좀 사 볼까? 그리고 여행을 떠나자. 신혼 여행 때, "우리 5년 후에 다시 오자" 하며 약속했던 사이판에 가서 한두 달쯤 살아보는 건 어떨까 싶다. 원 없이 수영하고 원 없이 고기 잡으며 아이들이 신나게 뛰어노는 모습 흐뭇하게 바라보고 있으면 그것만으로도 너무 좋을 것 같다. 최대한 예쁜 모습으로 활짝 웃으며 사진도 많이 남겨둬야지. 아이들이 엄마와의 즐거웠던 한때를 두고두고 기억할 수 있도록 말이다.

아, 양가 부모님도 꼭 모시고 가면 좋겠다. 말로만 "해외여행 보내드리겠다", "효도하겠다" 하고선 제대로 실천 한 번 못하고 미루기만 했는데. 같이 산책도 하고 해변에 앉아 아이스커피도 마시고 팔짱 끼고 면세점 쇼핑도 가 보고, 그렇게 나를 이 세상에 있게 해주신 고마운 분들과 오붓한 시간을 보내보고 싶다. 내 아이들 보느라 바쁘다는 핑계로 부모님들과 이런 시간 한 번 가져보지 못했던 게 참 아쉽고 죄송스럽다.

짬이 날 때는 편지를 써야겠다. 가족들, 친구들, 언니 동생들, 친하게 지냈던 사람들 모두에게 안부를 묻고 사랑한다고, 너의 삶을 축복하며 응원한다고 그렇게 내 마음을 전해야겠다. 한참이 걸릴 것 같으니 미리미리 써둬야겠지? 미루기 대장이지만 이번만큼은 절대 미루기 없기!

그리고 표지에 내 이름 쓰인 책 한 권 써내는 것이 늘 꿈이었으니, 그동안의 육아 일기를 모두 담아서 책으로 펴내는 것도 미루지 말고 꼭 해보자. 아이들이 두고두고 읽으면서 나의 온기와 사랑을 느낄 수 있다면 참 좋겠다. 그리고 결국 생각나는 것은 다시 여행이다. 남편도 휴직하고 아이들도 학교 잠시 쉬라고 해서, 한 번도 못 가 본 유럽도 가 보고 남미도 가 보고 인도도 가 보고, 세계 여러 나라 구경하며 원 없이 먹고 원 없이 봐야겠다. 여행지에서 썼던 글과 사진들도 엮어서 책으로 좀 내어달라고 남편에게 부탁해놓아야겠네.

긴긴 여행을 마치고 돌아와서 마지막 순간은 남편과 함께 보내야겠다. 첫째, 둘째, 셋째 아이 낳을 때 그 무섭고도 힘들었던 순간에 늘 곁에서 내 손 잡으며 지켜줬던 사람, 결국 마지막 단 한 사람은 내 짝꿍 남편이었다는 걸 이제야 절절히 깨닫게 된다.

마지막 편지(남편에게)

"오빠, 우리가 아들 셋을 낳을 거라고는 꿈에도 상상 못 했는데. 그렇지? 그래도 아이들이 있으니 오빠도 좀 덜 외롭겠다는 생각에 마음이 놓여. 오빠가 날마다 밥도 안 챙겨 먹고 라면만 끓여 먹고 있지는 않을지, 애들 밥은 잘 챙겨주려는지, 여전히 걱정되기는 하지만 말이야. 우리 훈이 가진 순간부터 오빠가 설거지, 빨래, 쓰레기 버리기 등등 온갖 집안일 다해주고 나 하자는 대로 다 따라주며 우리 가족 위해서 늘 같은 자리 있어 줬는데, 나는 마지막 순간까지도 끼니 걱정이네, 하하. 그게 다 당신을 생각해서 그러는 거니 이해해줘요. 그동안 표현 많이 못 했지만 정말 고마웠고 많이 사랑해요. 오빠도 즐겁게 몰입할 수 있는 무언가를 꼭 찾았으면 좋겠고, 제발 부탁이니 끼니 거르지 말고 잘 챙겨 먹어요. 알았지?"

마지막 편지〈아이들에게〉

"너희들에게 늘 좋은 엄마가 되고 싶었는데 그러지 못한 적이 많았던 것 같아서 참 미안한 마음이 크구나. 더 많이 안아줄걸. 더 많이 사랑한다고 표현해줄걸. 서두르라고 재촉하지 말걸. 더 기다려줄걸. 왜 이렇게 아쉬운 마음만 가득한 건지. 그래도 우리 행복했던 기억들도 참 많지? 엄마랑 요리하고 엄마랑 여행가고 산책하며 함께 웃었던 좋은 순간들만 꼭 간직해주면 좋겠구나. 너희들은 어디 가서도 사랑받으며 꿈꾸는 일들을 잘 해내리라 믿는다. 언제 어디서나 무엇이든 해낼 수 있다는 믿음과 희망을 잃지 않도록 해라. 그것이 너희들을 단단하게 해주는 끈이 될 것이야. 아빠랑 여기저기 여행도 많이 다니고, 그렇게 삶의 순간순간을 즐기며 소중한 가치를 놓치지 않는 너희들이 됐으면 좋겠다. 말로 다 표현할 수 없을 만큼 사랑하고, 엄마는 너희들과 함께라서 정말 정말 행복했어. 엄마가 살면서 가장 잘한 일 한 가지를 꼽으라면 너희들을 만난 거야. 엄마에게 와줘서 정말 정말 고마워."

묘비명

"마음껏 꿈꾸고, 마음껏 사랑했던 따뜻한 사람, 여기 잠들다."

죽음을 상상한다는 것, 막연하게 상상만 했을 때는 결코 잘 안 되던 일이 글로 써내려가자 아주 생생하게 그려졌다. 그렇게 상상만 한 것뿐인데 너무나 가슴이 먹먹하고 감정이 북받쳐 올라서 연신 흐르는 눈물과 콧물을 닦아내느라 혼이 났다.

마지막 장면을 생각하니 나에게 남는 건 결국 사랑하는 사람, 사랑했던 기억, 그리고 그들과 함께했던 순간들이었다. 우리가 살면서 성공을 하고 경제적 자유와 명예도 함께 얻으며 풍요롭게 살아가는 것, 물론 간과할 수 없는 중요한 문제다. 하지만 그것을 얻는 과정에서 '사람과 사랑'이라는 중요한 가치를 놓쳐버린다면 마지막 순간에 남는 것은 과연 무엇이겠는가. 사랑하는 사람과 오래오래 함께하기 위해 건강을 지켜내는 것은 물론이요, 여기에서 깨달은 소중한 가치를 잃지 않고 지혜롭게 간직해가는 사람이 된다는 것, 쉽지 않지만 꼭 지켜내야 할 명제임은 분명하다. 마지막까지도 예쁜 모습으로 기억되고 싶은 나란 사람.

지금 이 순간이 누군가에게 기억될 마지막 장면이 될 수도 있다는 걸 항상 마음에 새기며 한 번 더 웃어보기로 한다. 그리고 더 늦기 전에 용기 내어 큰소리로 외쳐본다. 널 정말 사랑한다고. 넌 정말 소중하다고!

| PART 5 |

미래가 스멀스멀 불안해지는 순간에도

- 나만의 가치를 믿고 뚜벅뚜벅 걸어나가기 -

무기력에 이대로 제압당할 수는 없어요

따스한 공기가 성미 급하게 찾아와 봄의 초입을 알려주던 2월 중순, 아이가 서울대 어린이병원에 입원해 있을 동안의 심리적 날씨는 '매우 추움'이었다. 1월 말부터 번지기 시작한 코로나바이러스 때문에 병원 면회는 전면 금지됐고 한 명의 보호자만이 환자 옆을 지킬 수 있었다. 사람들로 북적이던 병원 지하 식당과 카페는 오가는 이를 마주치기 힘들 만큼 한산해졌고, 병원 외부를 드나들 때도 까다로운 절차가 이어졌다. 여름날의 첫 수술 때는 남편과 함께 휠체어를 주거니 받거니 밀며 병원 이곳저곳을 산책하기도 하고, 수도권에 사는 친구들이 병문안을 와서 정훈이 생일파티도 하며 나름 즐거운 시간을 만들어갔었다. 하지만 이제는 그럴 수가 없다. 무거운 병원 공기가 마스크 속으로 묵직하게 타고 들어와 숨이 막혀왔다.

답답한 병원 생활을 마치고 드디어 퇴원한다며 기뻐하던 날, 친구들과의 카톡방이 시끄러웠다. 대구에 확진자가 생겼다고 했다. 그간 확진자 한 명 없는 청정구역이라며 마음을 놓고 있었는데…. 이제 드디어 서울을 탈출해 청정구역 대구로 가서 즐거울 일만 남았다고 생각했는데…. 맙소사, 대구 확진자라니. 게다가 발생 장소는 우리가 사는 곳과 불과 10분 정도밖에 떨어지지 않은, 아주 가까운 곳에 있었다. 일상으로의 복귀에 대한 설렘이 와르르 무너졌다.

아이가 큰 수술을 마치고 회복 중이라서 다른 어떤 때보다 면역관리에 신경을 써야 하는지라 마음이 더 쓰였다. 우려는 현실이 되어 다음날부터 확진자 수가 기하급수적으로 늘어나기 시작했다. 하루가 멀다고 수백 명씩 늘어나는 확진자 수에 정신이 혼미해졌다. 다른 어디에도 집중할 수가 없었다. 좋아하던 책도 눈에 들어오지 않았다. 뉴스를 별로 즐겨보지 않는 나인데, 계속 핸드폰 뉴스 쪽으로 눈길이 갔다. 그러면 그럴수록 불안감은 더욱 커졌다.

대부분의 집은 꽁꽁 문을 걸어 잠갔다. 우리 삼 형제는 한 달이 넘도록 단 한 번도 현관문 밖을 나가지 못했다. 1~2주에 한 번 나 혼자서 마트에 장 보러 다녀오는 것, 그것이 외출의 전부였다. 차도 사람도 몽땅 사라져버린 길거리를 보고 있자니 긴장감을 넘어 슬픈 마음마저 들었다. 어쩌다 우리가 사는 곳이 이 지경이 됐을까. 이미 상점은 절반 이상이 문을 닫았다. 유령도시가 따로 없었다.

첫째가 퇴원하면 얼른 만나서 함께 놀자던 또래 친구들과의 약속도 기약 없이 미룰 수밖에 없었다. 가까이 사는 친구들과의 교류도 모두 끊어져 버린 적막한 하루. 이제나 끝날까, 저제나 사그라들까, 아침마다 확진자 수를 확인하는 것이 일상이 됐다. 그나마 삼 형제가 밖에 나가자는 소리도 안 하고 집에서 잘 놀아줘서 다행이었지만, 산책도 하고 하늘도 보고 콧구멍에 바람도 좀 넣어줘야 힘이 나는 어미는 날이 갈수록 풍선에서 바람 빠지듯 에너지가 고갈되어갔다. 생활의 리듬도 뒤죽박죽 엉망이 됐고 몇 날 며칠을 의미 없이 흘려보내다 보니 이 시간이 그렇게 허무하게 느껴질 수가 없었다. 코로나가 원망스럽고 점점 더 처져가는 나 자신도 한심하고 답답해졌다.

'이러고 있을 때가 아니다. 뭐라도 해보자.'

마치 깊은 물 속에 빠져서 계속 아래로 내려가다 마침내 바닥을 찍고 위로 솟아오르는 모습과 같이, 지금이야말로 바닥에서 점프하여 다시 일어서야 할 순간이라는 생각이 들었다. 곧바로 스케치북 한 장을 찢어 체크리스트를 그렸다. 이제부터 엄마는 매일 운동 30분, 독서 30분씩 꼭 실천하겠노라며 아이들에게 선언하고 그 시간 확보를 위한 협조 요청을 했다. 엄마가 잘 실천하면 스티커를 좀 붙여달라고 제안했더니 좋아한다. 아이들도 같이 해보고 싶다고 해서 각자가 하고 싶은 것 2가지씩 정해 체크리스트를 함께 그렸다. 첫째는 독서 20분과 종이접기 1가지, 둘째는 동화책 3권 보기와 선 긋기 놀이 1

장씩을 하겠노라 한다. 그렇게 우리는 뜻밖에 근사한 성장팀이 됐다. 어쩌다 내가 또 잡생각에 빠져서 핸드폰이나 들여다보고 이마에 내천자(川)를 그리고 앉아있으면, 아이들이 왜 실천을 안 하냐며 내 팔을 끌어당겼다. 프로 작심삼일러에 의지박약인 나, 혼자였으면 또 그렇게 주저앉을 뻔했는데, 부추겨주는 아이들 덕분에 다시 일어설 수 있었다. 아이들과 함께 스티커를 붙여가는 재미도 쏠쏠했다.

바꿀 수 없는 환경에 제압당해 무기력증에 빠지기 쉬울 때일수록, 에너지를 얻을만한 무언가를 해보자 마음먹고, 그것을 공개 선언하며 다른 사람과 팀을 이뤄 함께 실천하는 것! 그것이 가장 쉬우면서도 명쾌한 해결책이 될 수 있다는 것을 절실히 깨닫게 된 날들이었다. 여섯 살, 여덟 살 아이들과도 충분히 성장팀을 꾸릴 수 있다니, 이 또한 놀라운 발견이다. 나는 이 성장팀 덕분에 하루하루 꾸준히 운동하며 책 읽는 생활을 지켜낼 수 있었고, 거기에서 얻은 에너지는 바람 빠진 내 하루하루에 빵빵한 공기를 불어 넣어줬다.

1년이 다 되어가도록 코로나는 잠잠해지기는커녕 더욱 기승을 부리고 있다. 무섭고 답답한 마음도 여전하다. 하지만 인간이란 놀라운 적응의 동물이 아니던가. 우리는 이제 집콕 상황 속에서도 온라인으로 촘촘하게 연결되어 더불어 살아가는 법을 새로이 배워간다. 나도 그 흐름에 편승해 새벽 기상, 독서, 운동, 글쓰기 활동을 꾸준히 이어가고 있다. 혼자서만 실천하려고 했으면 벌써 무너졌을지도 모를 일이다. 아무리 굳게 다짐하고 의지를 다진다 한들 원래의 생활로 돌아가려는 관성의 법칙은 너무나 강렬하기에. 나는 더 이상 나의 의지력만을 믿지 않을 것이며, 그것을 끈기 있게 실천하지 못한다며 스스로를 탓하지도 않을 것이다. 대신 함께 도전하고 행동할 동지를 찾아 그들과 만든 시스템을 믿고 함께할 것이다. 코로나 사태와 같은 격리 상황에서는 더더욱!

가족도 좋고 친구도 좋고 랜선 이웃(블로그, 취미나 배움 커뮤니티 등에서 만난 인연)도 좋다. 언제나 접속할 수 있고 서로를 위로하고 응원할 수 있으며 함께 마음 근육과 몸 근육을 키워 갈 성장팀은 가까운 곳에서 얼마든지 만들 수 있고 또 찾을 수 있다. 어디서든 연결될 수 있다면 우리는 더 이상 고립된 사람들이 아님을. 그러니 이제는 코로나로 인한 집콕 상황도 예전만큼 두렵지가 않다. 이들과 함께 연결되어 에너지를 주고받으며 무럭무럭 성장해갈 하루하루가 기대감으로 가득 차오른다.

지금 이 순간,
이만큼이나 향기로운데!

코로나 장기전. 단단하게 연결된 성장팀조차도 무력해지는 순간이 있다. 지난 연말이 그랬다. 크리스마스를 며칠 앞둔 어느 날, '코로나-19 확산방지를 위한 어린이집 휴원 명령, 5인 이상 집합 금지, 2월 말까지 원격수업으로 전환' 등 날벼락 떨어지는 메시지들이 줄기차게 날아왔다. 인근 어린이집 6세 확진자 소식에 이어 이웃 동네 ○○반점 방문자는 선별진료소에서 검사를 받으라는 친절한 안내 문자까지. 쉴 틈 없이 울려대는 핸드폰을 저만치 밀어두고 싱크대 문을 열어 주섬주섬 인스턴트커피를 찾았다. 작은 커피 봉지를 툭 뜯어서 커다란 컵에 좌르륵 부었다. 뜨거운 물로 커피 가루를 남김없이 녹인 후, 냉동실에서 각 얼음을 꺼내 컵으로 한가득 채워 넣었다. 그리고 벌컥벌컥 들이켰다. 식도를 타고 내려가는 차가운 커피의 기운이 감미롭게 세포 구석구석으로 전해진다. 아, 너마저 없었더라면.

커피가 반쯤 남았을 때 반가운 이미지 하나가 스쳤다. '맞다! 스콘!' 며칠 전에 주문해서 냉동실에 넣어둔 스콘이 있었지! 하얀 종이로 곱게 포장된 스콘을 하나 꺼내 오븐에 넣고 3분 타이머를 설정했다. 오븐 밖으로 솔솔 삐져나오는 고소한 향이, 경직되어 있던 내 코를 가볍게 살살 간지럽힌다. 적당히 따뜻하게 잘 구워진 스콘을 작은 접시에 담아 커피와 함께 테이블 위에 올려두니 제법 그럴듯하다. 핸드폰을 들고 예쁘게 사진을 찍었다. 직사각형 프레임 속 커피 뒤로 보이는 크리스마스트리가 시간적 배경을 친절하게 알려줬다. 그래, 연말이었지. 벌써 크리스마스구나. 급하게 상기된 이 시간적 배경이 새삼 당황스럽다. '어쩜, 이런 연말이 다 있냐!' 쌉싸름한 말차 향이 감도는 스콘을 한 입 베어 물고 커피를 한 모금 마셨다. 스콘의 텁텁함과 커피의 상쾌함이 입속에서 기막히게 조화를 이룬다. 세상만사 다 잊고 그 맛에 흠뻑 취해본다. 아, 너마저 없었더라면.

아이들은 이브 날부터 어린이집에 가지 않았다. 아니, 가지 못했다. 날마다 숲에 오르고 연못과 모래놀이터에서 뛰어다니며 신명 나게 놀던 어린이집. 친구들과 어린 날의 즐거운 추억을 한껏 쌓아가며 "내일 우리 또 신나게 놀자!" 인사하고 헤어지던 그 어린이집 등원이 하루아침에 차단당했다.

"내일은 우리끼리 산에 가 보자. 두리봉까지 정복해보는 거 어때?"

"좋아 좋아! 간식 잔뜩 챙겨서 가자. 두리봉까지 가려면 배고플 테니까."

어린이집에 갈 수 없다는 아쉬움에 전날 잠자리에서 신나게 모색했던 외출계획은, 당일 아침 공기를 가득 메운 미세먼지로 무산되고 말았다. 어쩐지 겨울 날씨치고 너무 포근하다 했더니 미세먼지 앱이 방독면을 쓰고 절대 나가지 말라며 경고장을 내민다. 어쩌라고. 우리 보고 어쩌라고!

"고마 오지 말그라. 코로나도 이렇게 난리고 날도 추운데 애 셋 데리고 뭣 하러 이까지 오노. 생일 그거 뭐라고. 안 해도 된데이. 신경 쓰지 말고 애들이나 잘 챙기거라."

"그래도 어머님, 생신인데 어떻게 그래요. 케이크도 다 주문해 놨는데…."

"아이고 신경 안 써도 된다. 건강이 중하지 생일이 중하나. 모여서 밥 같이 먹는 게 젤 위험하다 카드라. 케이크는 뭐, 너희들끼리 크리스마스 파티 하믄 안 되나! 1월에 좀 잠잠해지면 그때 함 오그라."

이브 전날이 생신이었던 어머님은 보고 싶었던 손주 얼굴도 보시지 못한 채 60대 후반의 생일을 그렇게 허무하게 보내시고야 말았다.

안타까움에 미역국과 불고기를 정성껏 만들어 케이크, 꽃다발과 함께 남편 출근길에 배달해 드렸다. 어머님은 감동하셨다. 하지만 그것이 서로가 만날 수 없는 슬픔을 모두 대신할 수 있을까.

> *어머니와 함께 살면서 어머니를 거들떠보지도 않던 아들들이, 기억 속에 자꾸 떠오르는 어머니 얼굴의 주름살 하나에도 염려하고 후회했다. 완벽할 정도로 갑작스러운 데다 언제 끝날지 예견할 수도 없는 그 이별에 망연자실한 채, 우리는 그토록 가까이 있었는데 어느새 그토록 멀어진 존재, 그리고 이제 우리의 삶 하루하루를 다 차지해버린 존재에 대한 추억에 저항하지 못했다.*
>
> *– 알베르 카뮈, ≪페스트≫*

갑작스럽고 당황스러운 이별. 우리는 그 끝을 예견하지 못한 채 다음을 기약했다. 그때 우리 만나자고. 그때 우리 함께하자고. 그런데 그때가 되면 우리는 만날 수 있을까. 그때가 되면 아무 일도 없었다는 듯 어린이집에도 가고 학교에도 가고, 그럴 수 있을까. 언제가 마지막이 될지 모르는 오늘을 살아가는 우리가, 나는 이토록 슬픈데. 마스크 없이 친구들 만나 신나게 수다 떨던 그 날이 미치도록 그립고, 바이러스와 미세먼지가 뒤덮어버릴 아이들의 미래가 숨 막히게 두려운데. 아이들은 온종일 집에서 두문불출하면서도 깔깔거리며 잘도 논다. 어제를 그리워하거나 내일을 두려워하는 법 없이, 그저 현재를 즐긴다. 그곳에서도 즐겁고 이곳에서도 마냥 즐거운 아이들이 어쩐지 조금 부럽다. 그 아이들을 조금이라도 닮아가고자 시원한 커피 한 잔과 따뜻한 스콘 한 조각에 내 마음을 기대어 본다. 그래도 지금 이 순간 이만큼이나 향기롭지 않냐며, 덕분에 한 번 웃어본다. 아, 너마저 없었더라면.

제주 한 달 살기,
왜 눈물이 났을까?

"제주 한 달 살기 숙소를 지금 예약하는 건 너무 성급한 걸까? 예약이 다 차버리면 그때 가고 싶어도 못 가니…. 수술하고 모든 것이 다 잘될 거라는 믿음으로 예약해도 되려나?"

"예약금은 얼만데?"

"예약금은 따로 없고, 임대료랑 보증금 전액을 다 보내야 예약이 되네. 임대료 220만 원, 보증금 50만 원. 좀 세긴 하지? 그래도 아이 셋 데리고 지내기에 여기만 한 곳이 없을 것 같아."

"음…. 환불 규정은?"

"5월 초까지만 취소하면 97퍼센트 환불이야."

"음…. 조금 여유가 있긴 하네. 그래, 일단 예약하자."

남편은 한참 동안 뜸을 들이다 오케이 사인을 내려줬다. 나는 마음이 동했다 하면 정서적 판단만으로 일을 저질러 버리는 경우가 많은데, 남편은 모든 변수를 꼼꼼히 따져보고 신중하게 결정을 내리는 편이다. 사실 우리 주머니 사정을 넘어선 비싼 임대료도 문제였지만, 그 당시 상황은 여름 여행을 계획할 만큼 그리 평화롭지도 못했다. 첫째의 두 번째 수술을 앞둔 어수선한 상황에서 제주도 한 달 살이 숙소 예약이라니. 나의 제안이 조금 당황스러웠을 법도 했겠지만, 남편은 담담하게 그것을 받아들여 줬다. 참 고마웠다.

그때는 첫째의 재수술에 대한 불안감이 마음속에서 요동을 치고 있을 때라, 6월의 뜨거운 태양 아래 제주도 바닷가에서 아이들이 신나게 뛰어노는 모습을 그저 상상하고 싶은 마음이 컸다. 그렇게 선명하게 그림을 그려가다 보면 꼭 이뤄질 것만 같았다. 걱정했던 모든 일이 잘될 것만 같았다. 그 상상은 곧 현실이 됐고 우리는 신나게 제주행 비행기에 올라탔다. 제주 땅에 발을 디디는 순간의 짜릿한 감동이란! '드디어 제주구나! 우리 그토록 힘든 시간 잘 견뎌내고 지금 이렇게 꿈에 그리던 제주 땅을 밟고 있구나!' 정말이지 꿈속을 걷는 기분이었다.

우리가 묵었던 숙소는 참 독특한 곳이다. 전대차계약서(전세공간의 일부 또는 전체를 다른 임대인에게 다시 임대한다는 내용의 계약 문서)를 쓰고 한 달 동안 임대했으니, 숙소라 하기에는 조금 그렇고 그냥 집이라 하는 편이 낫겠다. 아이들은 지금도 그곳을 '우리가 제주도에서 살았던 집'이라 부른다. 나는 제주도 그 어떤 여행지보다 그 집이 참 좋았다. 아이들도 그랬다. 관광지 여기저기를 돌아다니는 것보다 그 집에서 노는 것을 더 좋아했다. 유명 관광지보다 그 집에서의 추억이 더 풍성하고 아련하다. 그 집은 현재 우리가 사는 도시에서는 감히 상상도 할 수 없는 '비현실적'인 일들이 가득한 곳이었기에 어쩌면 더욱 특별했는지도 모르겠다.

옹기종기 붙어있는 15가구의 땅콩집 중 우리 집은 가장 가장자리의 1호 집이었다. 15가구는 모두 이곳을 한 달 동안 임대해서 살러 온 사람들이었고, 모든 집에는 우리 아이들과 비슷한 또래의 아이들이 있었다. 입실과 퇴실 날짜가 모두 비슷해서 거의 한 달을 이웃으로 지낸 셈이다. 반원 모양으로 둘러선 땅콩집 가운데에는 아기자기하게 가꿔진 광장이 있다. 광장 옆으로는 아이들이 마음껏 책 읽고 다양한 활동을 할 수 있는 널널한 공간이 있고, 그 공간 반대편에는 어른들이 조용히 휴식할 수 있는 북카페가 있다.

우리가 그곳에 도착한 날에는 비가 제법 많이 내리고 있었는데, 광장에서 한 아이가 비옷을 입고 킥보드를 타고 있었다. 조금 있으니 한 아이가 더 나와서 함께 놀았다. 신기한 광경이다. 내가 사는 도시에서는 비 오는 날 킥보드를 타며 논다는 걸 감히 상상이나 할 수 있었던가. 짐을 풀고 2층 방에서 내려다보이는 광장의 풍경에 나는 이미 마음을 빼앗겨 버렸다. 원목 침대와 1인용 책상만으로 구성된 단정한 2층 방도 무척 마음에 든다. 아이들도 환호성을 지르며 여기저기를 쫓아다녔다. 초행길을 함께 한 남편과 아이들을 집에 남겨두고 혼자서 전대차계약서를 쓰러 북카페로 내려갔다.

따스한 인테리어로 꾸며진 북카페에는 잔잔한 음악이 흘러나오고 있었다. 스텝분께서 '웰컴 드링크'라며 아이스 바닐라 라떼를 예쁜 컵에 내어주신다. 북카페를 쭉 둘러보다 책장에 꽂혀있는 김미경 작가님의 책을 뽑아 읽으며 천천히 커피 맛을 음미했다. 아, 평화롭구나. 이 얼마 만에 누리는 여유인가. 창밖에는 주룩주룩 비가 내리고 있었고 책 속의 근사한 문장들은 내 마음을 콕콕 파고들었다. 달콤한 커피가 내 몸 구석구석으로 퍼지는 순간 나는 말로 다 표현하지 못할 황홀함에 젖었다. 이곳이 많이 좋아질 것 같은 예감이 들었다.

다음날이 되자 쨍하고 날이 개었다. 적응에 시간이 조금 필요한 우리 아이들은 광장으로 쉬이 뛰어가지 못하고 집에서 한참 동안 레고 블록만 가지고 논다. '날이 이렇게 좋은데 좀 나가서 놀지' 하는 답답한 마음이 차오르기도 했지만, 억지로 등 떠밀어 내보낼 수는 없는 노릇이다. 무심한 듯 기다려줬더니 아이들은 어느새 광장의 아이들 틈으로 조금씩 들어가기 시작했다. 처음엔 엄마의 옷자락을 잡아끌며 "엄마도 같이 나가자. 같이 나가자" 하며 엄마를 꼭 데리고 나가려 하더니, 친구들의 얼굴이 서서히 눈에 익자 "엄마, 나 이제 혼자서도 나갈 수 있을 것 같아"하며 저들끼리 뛰어나가는 아이들. 그 모습이 얼마나 흐뭇하고 예뻐 보이던지.

여전히 잊히지 않는 명장면은 현관문을 활짝 열어놓고 아이들이 광장에서 왁자지껄 노는 소리를 들으며 저녁밥을 짓던 순간이다. 하늘에는 서서히 붉게 물들어가는 구름이 둥실둥실 떠 있었고, 서늘한 바람이 현관을 타고 들어와 내 콧등을 간질였다. 보글보글 물 끓는 소리와 까르르 아이들의 웃음소리가 절묘하게 어우러졌다. 아직도 선명하게 다가오는 그때 그 느낌. '와 이건 정말 꿈에서나 그릴 수 있었던 장면 아니야?' 하며 마음속에서 감동의 물결이 너울거렸다. 실컷 놀다가 배가 고파 쫓아 들어온 아이들은 허겁지겁 순식간에 밥그릇을 비우고는 다시 광장으로 달려나갔다. 해가 저물어갈 때까지 아이들의 웃음소리가 광장에 울려 퍼졌다. 아…. 이럴 수도 있구나. 이렇게 살 수도 있구나.

아이들은 날마다 눈만 뜨면 광장으로 뛰어나갔고 깜깜해질 때까지 쉼 없이 놀았다. 아침 9시부터 저녁 9시까지 놀 수 있다는 광장의 규칙도 잘 지켰다. 비가 올 때면 비옷을 입고 나가 물총 놀이를 하며 놀았고, 해가 쨍쨍한 날에는 신나게 물풍선 놀이를 하며 옷이 흠뻑 젖도록 뛰어다녔다. 해가 지면 광장에서 레이싱을 펼치는 킥보드 바퀴의 불빛들이 장관을 이뤘다. 아이들은 점점 더 가까워졌고 저녁 9시까지 놀고 들어오면서도 "아직 덜 놀았는데" 하며 아쉬워하는 날이 많아졌다. 그런 모습을 날마다 볼 수 있다는 것이 참으로 기쁘고 행복하면서도, 날이 갈수록 이상하게 내 마음 한구석이 콕콕 불편하게 쑤셔왔다.

꼬마 천재 화가 겸 작가로 유명한 전이수의 갤러리에 다녀온 날, 아이들은 여전히 숙소에 도착하자마자 곧장 광장으로 향했고 저녁 늦도록 깔깔거리며 신나게 놀았다. 2층 방에 앉아 아이들의 웃음소리를 들으며 갤러리에서 사 온 엽서들을 쭉 훑어보고 있자니 이상하게 눈물이 주르륵 흐른다. 엽서 속 따스한 그림과 메시지들이 내 마음을 한껏 적셨다. 13살 이수의 천재성 짙은 그림들과 깊은 사유의 메시지들은 과연 어디에서 비롯된 것일까. 제주도의 바람일까, 엄마의 넉넉한 품일까, 넘치도록 자유로운 일상일까.

이곳에서의 한 달 살기가 끝나고 도시로 돌아가면, 아이들의 이 맑은 웃음소리를 과연 지켜줄 수 있을까. 어느 때고 마당으로 곧장 뛰어나가 또래들과 어울리는 일상, 그리고 저녁 늦도록 들려오는 아이들의 이 웃음소리를 나는 얼마나 그리워하게 될까. 이곳에서 더욱 확실해진 나의 가치들이, 그곳에 가면 금세 묻히지 않을까, 다시 그곳에 적응해가는 삶을 선택하지 않을까, 어쩐지 그것이 참 두려웠다. 때마침 대구에 있는 남편에게 띠리링 문자가 왔다.

"한 달 살기 마치고 돌아오면 세상 보는 눈이 조금은 달라져 있으려나?"

"음…. 세상 보는 눈은 확연히 달라지겠지만, 현실은 변함없다는 거."

아무리 내 가치가 확고해지고 원대해진들 '현실적으로 그것을 잘 펼쳐나갈 수 있을까?' 하는 마음이 나를 더욱 쪼그라들게 만드는 밤이었다. 나의 가치는 한쪽 구석에 버려두고 가치와 반하는 현실에 타협해 가는 삶을 살고 싶지는 않은데…. 그래서 그냥 조금 답답했다.

일단은 이곳을 즐기자. 그리고 방법을 찾자. 잘 노는 아이들이 유난히 예뻐 보였던 밤, 나의 사색은 더욱 깊어져 갔다.

조금 삐딱해져도 괜찮아

"선생님, 정훈이는 여름방학이 끝나고 8월 개학하는 날부터 등교하도록 할게요."

입학식도 하지 못했던 불운의 1학년. 5월 중순부터 부분 등교가 재개됐지만, 아이는 학교에 가지 않았다. 초등학생, 특히 저학년 아이들에게 있어 학교란 교과에 대한 배움보다는 친구들과의 사회성을 익히고 새로운 학교문화를 누리며 또래 간의 즐거움을 교류하는 장으로서의 의미가 더욱 크다. 그런데 애석하게도 코로나바이러스는 교실에서 친구들 사이의 소통을 끊어버리고 선생님께 질문을 못 하게 만들고 오직 일방적 배움만을 수용하게 만들어 버렸다. 7명씩 나눠 등교하는 학교, 오전 내내 마스크를 벗지 못하고 앉아있어야만 하는 상황, 감염 방지를 위한 엄격한 행동 통제, 그리고 소통과 관계의 단절까지…. 아이 인생에 처음 내딛는 학교의 모습이 아름답고 편안하게 비추어지길 바랐던 나는 그런 식으로의 첫 등교가 영 내키지 않았다. 조금 더 안정적인 상황이 됐을 때 보내도 늦지 않겠다는 생각이 들어 원격수업 신청서를 제출했다. 그리고 6월에 제주도 한 달 살기도 계획되어 있던 터라 선생님께는 8월부터 등교를 하겠노라 말씀드렸다.

숙소를 예약할 당시만 해도 이런 코로나 상황이 펼쳐지리라고는 상상도 못 했다. 그럼에도 여름방학 중이 아닌 6월로 한 달 살기 일정을 잡은 것은, 복잡한 성수기를 피하고 싶은 마음과 더불어 내가 1년 중 6월의 날씨를 가장 좋아하기 때문이기도 했다. 6월은 나를 설레게 한다. 지나치게 덥지 않으면서도 집에서 입던 옷 그대로 입고 나가 저녁 산책을 마음껏 즐길 수 있는 초여름은 여행하기에 더할 나위 없이 좋은 사랑스러운 계절이다. 아이들과 함께 오름을 오르고 제주 바다에 풍덩 뛰어들어 놀기에도 더없이 좋을 시기라 판단했다.

6월의 제주를 놓치고 싶지 않다는 굴뚝같은 마음에 학교를 한 달 빠지는 것쯤은 감수하기로 했다. 2월의 수술 후 어차피 한두 달 가지 못할뻔했던 학교, 여행으로 한 달 빠지는 것쯤 어떠리. 개근상을 받지 못하면 또 어떠리. 학교 밖 곳곳에도 얼마든지 참된 배움이 있을 수 있으며, 그곳에서 겪어낼 그 아이만의 값진 경험 또한 반드시 아이가 살아갈 미래의 비옥한 토양이 되어주리라는 견고한 믿음이 있었기에 과감하게 예약 버튼을 누를 수 있었다.

제주에서 한 달을 살고 와보니 정말 그랬다. 여행지나 맛집을 탐방하는 데 에너지를 쓰기보다 우리가 참 좋아했던 그 땅콩집에서의 삶을 온전히 누렸더니, 그곳에 아주 큰 참 배움이 숨어 있었음을 나의 눈과 귀와 심장이 알아차린 것이다. 아침 9시면 잠옷 바람으로 뛰어나가 저녁 9시까지 친구들과 놀다 들어오던 제주에서의 그 공간이, 어쩌면 마냥 놀기만 하는 것으로밖에 보이지 않는 그곳이 학교 교실과는 비교도 할 수 없을 만큼의 값진 배움터였음을 나는 확신하게 됐다.

날이 맑은 날이면 아이들은 삼삼오오 모여 채집 채를 들고 뒤뜰로 사슴벌레와 풍뎅이 사냥을 나섰다. 풍뎅이를 유인한다며 바나나를 으깨어 나무기둥에 발라놓기도 하고 "오늘 밤 8시 40분에 8호 형이랑 뒤뜰에서 만나기로 했어. 밤에 풍뎅이가 잘 잡힌대" 하며 한껏 부푼 표정으로 야심 찬 계획을 늘어놓기도 했다. 채집통이 없어 어쩌나 하고 있던 차에 첫째가 재활용품을 모아둔 곳에서 2L 페트병을 들고 와 "여기를 조금 자르고 여기에는 구멍을 좀 뚫어줘. 풍뎅이 집 만들려고" 한다. 그곳에 흙을 담고 얇은 나뭇가지 몇 개와 이웃집에서 얻어 온 곤충 젤리를 넣어놓고는 뒤뜰에서 잡아 온 딱정벌레를 넣어주니 곤충 집으로 안성맞춤이다.

하루는 등에 초록빛을 띠는 풍뎅이를 잡아 오더니, 그 풍뎅이의 이름을 아는 친구가 없다며 도서관에서 빌려온 딱정벌레 도감을 찾아보기 시작했다. 그리고 풍뎅이의 이름이 '금풍뎅이'라는 것을 금세 알아냈다. 직접 잡아보고 키워보고 책에서 찾아서 알게 된 것들은 그야말로 살아있는 지식이 됐다. 사슴벌레끼리 싸움을 부추겨보기도 했는데, "사슴벌레는 이 집게가 짧은 게 암컷이고, 긴 게 수컷이야. 화가 날 때는 집게를 열고, 화가 가라앉으면 집게를 이렇게 닫아" 하며, 도시에서 실제로 본 적도 없는 사슴벌레에 대해 거창하게 설명을 늘어놓는다. 사슴벌레끼리 싸움하는 동안 그 옆에서 작은 수첩과 연필을 꺼내더니 사슴벌레를 보며 따라 그리기도 했다.

그런 모습들이 모두 너무나 신기했다. 무엇 하나도 내가 먼저 해보라 부추긴 것이 없고, 무엇 하나 먼저 나서서 가르친 것이 없었다. 아이들은 스스로 무엇을 해야 할지를 찾아냈고, 궁금한 것을 스스로 알아냈다. 종이 한 장을 이리 접고 저리 접더니 '곤충 배틀'이라는 작은 책 한 권을 만들기도 하고 이웃집 9살 형이랑 머리 마주하며 3편짜리 시리즈 책을 만들어내기도 했다. 비록 스토리가 엉성하고 맞춤법도 많이 틀렸다 할지라도 신나게 열중하는 그 모습이 너무 예쁘고 사랑스러워서 "어머, 어떻게 이런 걸 만들 생각을 다 했어? 엄마는 상상도 못 했네. 이야기도 그림도 정말 멋지다. 엄지 척!!" 하며 폭풍 칭찬을 쏟아 줬다. 책 읽는 건 좋아해도 한글을 쓰는 것은 썩 내켜 하지 않던 아이였는데, 이렇게 자발적으로 글자를 쓰며 맞춤법을 물어보고 하는 걸 보니 '역시 다 때가 있구나!' 하는 깨달음도 얻게 된다. 해야 해서 하는 것이 아니라 스스로 하고 싶어서 하는 것이었기에, 아이들의 눈망울은 새로운 배움과 도전의 의지로 반짝반짝 빛이 났다.

마당 바닥에 분필로 대형 사람을 그리고 꽃과 나무와 나비를 그리는 모습을 보며 이만한 미술 활동이 어디 있을까 싶었고, 깜깜해진 저녁이면 손전등을 들고서 개구리 울음소리를 쫓아다니는 모습을 보니 이만한 자연관찰 수업이 또 어디 있겠나 싶었다. "내일 저녁 7시에 마당에서 모이기로 했어. 6호 누나가 어떤 놀이를 하면서 놀지 같이 회의한대" 하며 신나 하는 아이들. 회의라니, 피식 웃음이 났다. 아이들은 놀이 속에서 공존하고 타협하는 법도 알게 모르게 배워가고 있었다.

첫째가 그 집에서 처음 만나 빠져들게 된 ≪제로니모의 환상모험≫은 제주에 있는 동안 읽은 권수가 어느덧 10권을 넘어섰다(그 집의 어린이 공간에는 도서관을 따로 찾을 필요가 없을 만큼 많은 책이 있었다). 한 권에 300페이지가 넘는 책이니, 그 양이 제법이다. 그 누가 시키지 않아도 "엄마, 나 요즘 책 읽는 게 너무 좋아" 하며 장르 가리지 않고 책에 빠져들었다. **강제하지 않으니 스스로 탐색하고, 재촉하지 않으니 어디에든 몰입하며, 평가하지 않으니 더욱 즐거웠던 시간. 숙제도 없고 경쟁도 없고 시험도 없는 이 널널한 시간 속에서 아이들은 하루하루 단단하게 영글어가며 무럭무럭 자라났다.**

제주에서 돌아와서도 동생들이 어린이집에 간 사이 첫째와 둘이서 카페 데이트를 즐기곤 했는데, 나란히 앉아 각자의 책을 읽는 시간이 아이에게도 나에게도 너무나 달콤하고 즐거운 시간이었다. 또 어떤 날은 종이접기에 심취하여 몇 시간이고 지겨운 줄 모르고 그에 몰입하기도 했다. 아이가 한글을 완벽하게 쓰지 못해도, 학습지며 문제집이며 하나도 하지 않아도 불안하지 않았던 이유다. 아이는 자기만의 속도로, 자기만의 방향으로 스스로 값진 배움을 얻으며 성장하고 있으니, 남들과 똑같은 방법과 보폭으로 걸어가지 못한다 해서 문제될 것은 없지 않은가. 스스로 탐색하며 몰입할 줄 알고, 자기가 무엇을 할 때 가장 즐거운지를 안다면, 그것만으로도 충분하지 않겠는가 말이다.

세상이 수용하고 있는 기존의 패러다임을 따르다가는 한 번도 세상을 앞설 수 없다는 말이다. 세상과 문명의 틀을 벗어나라는 것이다. 삐딱하다는 것은 무절제하다는 것이 아니다. 그것은 외부 세계의 질서보다 자기 세계의 질서에 더 충실하다는 것이다.

– 구본형, ≪그대 스스로를 고용하라≫

외부 세계에 맞춰가라고 재촉하기보다, 아이가 자기 세계의 질서에 더욱 충실할 수 있도록 그 시간을 존중해주고 싶다. 바깥에서 "이건 꼭 해야 하는 거야" 하며 마구 집어넣어 주기보다, 아이의 내면에 잠자고 있는 고유의 재능이 끓어올라 밖으로 넘쳐흐를 수 있도록 기다려주고, 또 아이가 도움을 요청할 때 스스럼없이 손을 내밀어주는 그런 엄마가 되고 싶다. 옆의 친구 보폭을 따라가지 못하는 자신을 탓할 필요 없다고, 기존의 패러다임에 너무 적응하려고 애쓰지 않아도 된다고, 엄마는 그것이 꼭 정답은 아니라고, 더 큰 꿈을 꾸고 너만의 내부 세계에 온전히 귀 기울이며 조금은 삐딱해져도 된다고, 그렇게 말해주고 싶다.

존 버닝햄의 ≪지각대장 존≫ 그림책을 보면 첫 장에 학교 가는 존의 모습이 그려져 있는데, 어깨가 축 처져있고 표정도 죽어 있다. 조금도 즐거워 보이지 않는다. 무엇이 존을, 대한민국의 많은 아이들을 그런 표정으로 만들어 버렸을까. **무엇을 더 가르칠까를 고민하기 이전에, 아이들의 처진 어깨를 다시 올려주고 잃어버린 생기를 다시 찾을 수 있도록 도와주는 것이 우리 어른들의 역할이 되어야 하지 않을까. 나는 그 생기의 근원을 제주에서 살던 '그 집'에서 발견했고, 그 생기를 계속해서 지켜주리라는 다짐을 마음에 새겼다. 얼마 남지 않은 아이들의 유년시절, 그 널널한 시간을 열렬히 지지하며 응원해주자고 말이다.**

아이가 처음으로 학교 가는 날

사실은 두려웠다. 그리고 답답했다. 이만큼 자유분방하게 자라온 아이가 학교의 엄격한 규칙 속에서 잘 적응할 수 있을까, 또래보다 몸집도 작은 데다 이사 와서 아는 친구 하나 없는데 30명이나 되는 교실 환경이 너무 낯설지는 않을까, 생애 첫 학교 경험에 온종일 마스크 쓰고 가만히 앉아 힘든 기억만 남게 되는 건 아닐까, 널널한 시간 속에서 마음껏 누렸던 덕질이 학교생활과 함께 멈춰 버리지는 않을까, 책 읽기 말고는 학습이라곤 한 것이 없는데 친구들만큼 따라가지 못한다고 속상해하지나 않을까, 2학기에도 그냥 원격수업을 하겠다고 할까, 이런저런 고민과 갈등이 머릿속에서 요동을 쳤다.

그런데 가만히 생각해보니, 이건 내가 그렇게 고민을 하고 있을 일이 아니었다. **아이의 인생이다. 아직 일어나지도 않은 일을 미리 걱정**

하며 내가 이래라저래라 할 문제가 아니었다. 선택의 문제는 아이에게 바통을 넘기기로 했다.

"정훈아, 8월 14일 날이 개학 날이야. 어때? 학교에 가고 싶어? 아니면 그냥 지금처럼 지내고 싶어? 학교에 가면 물론 재미있고 신기한 일도 있겠지만, 친구들이랑 대화도 할 수 없고 마스크 쓰고 계속 공부만 해야 해서 많이 힘들지도 몰라. 그래서 미리 물어보는 거야."

"나 학교 가 보고 싶어. 수업 어떻게 하는지 너무너무 궁금해."

아이는 학교생활이 무척이나 궁금하고 기대가 된다는 듯 눈을 반짝이며 대답했다. 그동안 머리 아프게 고민했던 것들은 아무런 의미가 없어졌다. 아이의 마음이 가장 중요하니, 그 마음을 따르기로 했다. 그 후에 행여나 힘든 일이 생긴다 해도, 그건 그때 가서 아이의 말에 귀 기울여 주고 또 해결해 나가면 될 일이다. 학교에 가기로 확실히 결정을 내리고 나니 갑자기 분주해졌다. 부랴부랴 문구점과 마트로 함께 달려가 실내화, 수저통, 색연필, 사인펜 등등의 준비물을 구입하고 가방에 차곡차곡 챙겨 넣었다.

이상하게 내가 더 떨리고 긴장이 되던 등교 첫날, 이른 새벽에 일어나 선생님께 드릴 편지를 썼다. 아직 담임선생님과 대면 상담을 해 본 적이 없고 아이가 친구들보다 늦게 등교수업에 합류하는 것이니,

선생님께서 아이를 이해하시는데 조금이나마 도움이 됐으면 하는 바람에서였다. 학교에 가지 않았던 봄과 여름날 아이에게 어떤 일들이 있었는지에 대한 설명이 필요하기도 했고, 아이의 성향과 취향, 식성 등에 대해서도 알려드리면 좋겠다 싶어 써내려가다 보니 어느덧 3장을 가득 채웠다(학교 후 담임선생님께서 전화 주셔서 아이 이해에 큰 도움이 되셨다며 감사하다 하셨다. 다행히 선생님은 이해심 많고 따뜻한 분이셨다).

두 번째 수술을 앞두고 아이가 직접 골랐던 파란 체크무늬의 예쁜 책가방, 집에서 내복 입고 기분 좋게 뽐내던 그 책가방을 드디어 처음 메고 학교에 가게 되니, 묘하게 울컥하는 감정들이 올라왔다. 봄과 여름을 지나며 너무나 힘들었던 일, 그리고 참으로 행복했던 추억들이 좌르르 스쳐 지나갔다. '우리 참 많은 일을 해냈구나. 너도, 그리고 나도 참 대견하구나' 하며 스스로 토닥였다.

그 시간들이 아이 마음속에도 곱게 곱게 쌓여준 덕분인지, 아이는 처음 발을 들인 교문 앞에서 "엄마, 잘 갔다 올게. 이따 봐. 안녕" 하며 아주 씩씩하게 인사하고 학교 교정으로 걸어 들어갔다. 씩씩한 뒷모습에 더욱 코끝이 찡했던 뜨거운 아침, 울컥하는 마음을 애써 누르며 동생들 등원까지 무사히 잘 마쳤다. 그리고 쑥대밭이 된 집안 풍경을 깔끔하게 무시하고는 집 근처 카페로 향했다.

따뜻한 차를 한 잔 시켰다. 2013년 첫째를 낳아 육아를 시작한 이래, 8년 만에 처음이다. 세 아이를 모두 기관에 보내고 온전히 혼자 있어 보는 시간. 물론 남편이 자유시간을 주거나 친정 부모님께서 아이를 봐주셔서 가끔 혼자 보낼 수 있었던 시간이 있기도 했지만, 이렇게 아이들을 모두 학교와 어린이집에 보내고 누구의 도움도 받지 않은 채 홀가분하게 보낼 수 있었던 시간은 단 한 번도 없었다. 드디어 이런 날도 오는구나 싶어 차 한 잔을 앞에 두고 왜 그리 눈물이 나던지.

이제 나에게 주어진 시간을 마음껏 즐기며, 그저 믿음 하나로 뒤에서 묵묵히 아이들을 지켜봐 주면 될 일이다. 아이의 생애 첫 등교가 괜찮을까 궁금하고 걱정되는 마음이 불쑥불쑥 올라오려 했지만 애써 마음을 다잡았다. 기껏해야 3시간 남짓, 아이 생각은 잠시 접어두자. 그리고 이 시간만큼은 오직 나를 단단하게 키워가는 데만 할애하자. 그동안 24시간 아이들과 함께 하는 틈 속에서 자투리 시간 모으고 모아 너의 활동 꾸려가느라 애 많이 썼다고, 너무도 간절했던 통 시간 오직 널 위해 마음껏 누려보라고. 그렇게 나를 토닥이고 또 응원하면서. 그 시간은 너무도 달콤하고 즐거워서 마치 3시간이 30분처럼 쏜살같이 흘러갔다.

어느덧 아이의 하교 시각이다. 하교 장소에 냉큼 나가 아이를 기다렸다. 선생님께서 아이들을 인솔해 나오시고 아이가 무리 속에서 걸어오는 모습이 먼발치에서 보였다. 그 모습을 보고 있자니 심장이 콩닥콩닥 경쾌하게 뛴다.

"어땠어? 재미있었어?"

아이는 눈웃음을 한가득 지어 보이며 고개를 끄떡였다.

"응 수업이 재미있었어. 그런데 딱 한 가지 이해가 안 되는 부분이 있었어."

"와! 재미있었다니 정말 다행이다! 어떤 부분이 어려웠어?"

"그림일기 쓰는 방법에 대한 거였는데, 무슨 말인지 잘 모르겠더라."

"그랬구나. 그림일기에 대한 앞부분 수업을 미리 살펴봤어야 했는데 안 봐서 그럴 거야. 이따가 앞부분 같이 한번 해보자."

"응!! 그런데 내일 또 학교 가?"

"아니, 다섯 밤 더 자고."

"힝~ 나 내일도 가고 싶은데."

의외의 반응이 놀라웠다. 종일 마스크 쓰고 오직 수업만 하다 왔는데, 힘든 건 하나도 없었고 오히려 즐거웠다고 했다. 선생님도 화를 한 번도 안 내시고 친절해서 좋다며 연신 싱글벙글한다. 모든 게 다 새롭고 신기했나 보다. 어쩌면 학교 가기 전에 미리 공부한 것이 거의 없어서, 공부하는 학원이나 학습지도 전혀 경험해보지 않아서, 새로운 배움과 시도 그 자체가 아이에게는 큰 기쁨일 수도 있었겠구나 싶었다.

자기 등 너비보다 더 큰 가방을 메고 학교에 가는 자그마한 아이가 안쓰럽기만 했는데, 아이의 마음은 어느새 그 가방보다 훨씬 더 크고 넓게 자라나고 있었다. 경험해보지도 않은 일을 왜 그리 앞장서서 걱정하고 두려워했던가 싶을 만큼, 어미가 남몰래 한숨과 걱정으로 끙끙 앓았던 그 세계를 아이는 충만한 호기심으로 씩씩하게 걸어 들어갔다.

여덟 살 아홉 살 열 살 열한 살 열두 살,

이 5년은 네가 네 방식대로
생을 펼치는 것을 받아들이는 데 쓰마.
내 잣대로 너를 판단하지 않을 것이다.
세상의 잣대로 너를 속단하지 않을 것이다.
만약 네가 세상의 잣대로 잘하는 아이라면
그 또한 내게는 기쁨일 것이다.

하지만 만약 네가 세상의 잣대로 못하는 아이라도
나는 크게 걱정하지 않을 것이다.
엄마인 내가 그 누구보다 너만의 장점을 잘 알고 있으니,
인간은 누구나 자신의 장점으로 생을 일구는 법을
배우게 되어 있으니, 유사 이래 내내 그래 왔으니,
시절의 겁박에 새삼스레 오그라들어

너를 들볶지는 않을 것이다.

이 때의 내 진정한 숙제는
이전에 겹쳐 있던 너와 나의 생을 따로 떼어놓고
나란히 세우는 법을 배우는 일.
나는 네게 부끄럽지 않을 만큼
나의 세계를 가꿀 것이다.
네가 너의 생을 펼칠 때에 궁금한 것이 있다면
가끔 나의 세계를 노크하고 참고할 수 있도록.

- 오소희, ≪엄마의 20년≫

주방 벽에 붙여놓고 마르고 닳도록 읽어보며 마음에 새기던, 오소희 작가님의 ≪엄마의 20년≫을 떠올려본다. 엄마와 자식 사이의 황금기를 거쳐 어느덧 여덟 살, 이제는 아이에게 한 발짝 더 다가가기보다 한걸음 물러서는 연습을 할 때가 왔다는 것을 한 번 더 각인시킨다.

아이가 걸어갈 길에 가시밭이 가득하든 거친 풀이 무성하든, 그것을 헤쳐 나아가든가 피해서 다른 길로 돌아가든가를 결정해야 할 사람은 아이 자신이 되어야 할 터. 엄마가 앞장서서 가시밭을 미리 다 제거해주거나 풀을 다 뽑아주며, 아이가 먼저 경험해볼 권리를 빼앗는 일은 없어야겠다. 아이의 생을 인정해주고 더불어 나의 생을 가꾸어가며 아이에게 좋은 본보기가 되어주는 일, 그것이 오롯이 나에게 숙제로 남는다.

집으로 돌아가는 길, 첫 등교 성공을 축하하며 찍은 기념사진 속 아이의 얼굴이 밝게 빛났다. 그래, 그거면 됐다.

이제 네 걱정 않고 엄마부터 잘할게

"엄마, 나 학교 마치면 집에 혼자 와볼래. 할 수 있을 것 같아."

학교를 두어 번쯤 다녀오고부터 첫째는 때 이른 독립선언을 했다. 낯가림이 많고 환경 변화에 적응이 힘든 아이라는, 그동안의 내 판단이 틀렸던 걸까. 아이는 첫날부터 학교가 너무 재미있다며 미소를 지어 보였고, 급기야 혼자 등하교를 하고 싶다는 선언까지 해버리니. 엄마가 아이를 가장 잘 안다고 생각했던 것이 얼마나 큰 착각이었나를 깨닫게 된다.

아이에게는 핸드폰이 없어서 좀 불안했다. 아직은 아이를 놓아주기보다 함께 손을 잡고 다녔으면 했다. 그런데 그건 순전히 내 뜻이고,

독립적으로 일어서겠다는 아이를 내 의지로 다시 앉혀버릴 수는 없는 노릇이다.

5일째부터 집에 혼자 와보라 했다. 아이는 신이 났다. 하지만 아이의 첫 시도가 여전히 불안한 엄마는 집에 가만히 앉아서 아이를 기다리고 있을 수가 없다. 아파트 단지 내 늘 함께 오가던 길목의 벤치에 앉아서 아이를 기다렸다. 그곳에서 저만치 걸어오는 아이의 모습을 보고 싶었고, 반갑게 아이를 맞으며 잠깐이나마 아이의 손을 잡고 집으로 걸어 들어가고 싶었다.

5분, 10분 기다렸는데 아이가 오지 않는다. '왜 이렇게 안 오지? 오늘 급식 시간이 좀 길어졌나? 그냥 집에 가서 기다릴까?' 하고 집에 들어갔는데 세상에! 신발장 입구에 아이 책가방이 던져져 있고 아이가 없다. 아이코 이를 어째! 집에 왔는데 엄마가 없으니 찾으러 나간 모양이었다.

곧장 달려나가 아파트 이곳저곳을 마구 뛰어다녔는데 아이는 보이지 않았다. 1000세대가 넘는 대단지, 아무리 뛰어다닌다 한들 서로 서로 숨바꼭질하며 엇갈릴 수밖에. 눈앞이 깜깜해지고 심장이 쿵쾅쿵쾅 뛰었다. 아이는 어디를 쫓아다니며 엄마를 찾아 헤매고 있을까. 울고 있지나 않을까. 온갖 상상이 머리를 어지럽히고 가슴이 조여왔다.

처음으로 혼자서 집에 와보는 미션을 당당하게 수행하고 "엄마 나 왔어!" 하며 활짝 웃는 모습으로 집에 들어섰는데, 반겨주는 이가 아무도 없어 당황스러웠을 그 모습이 상상이 되면서 너무 마음이 아프고 속상했다. 그냥 집에 있을걸. 집에서 반겨줄걸. 왜 괜히 벤치에 나가 기다려서는 이렇게 길을 엇갈리게 만들어 버린 거야! 스스로 채찍도 던져가며 땀이 나도록 쫓아다녔는데 아이는 어디에도 없었다. 행여나 집으로 다시 갔나 싶어 집으로 다시 가 봐도 조금 전 그 상태 그대로다. 다시 뛰어나가 학교 가는 길 쪽으로 가 보려던 차에 낯선 번호로 전화가 걸려왔다.

"정훈이 어머님이시죠? 여기 초록마을이에요. 정훈이 여기 와 있어요."

세상에 언제 거기까지나 간 거니. 우리 집에서 약 1킬로미터, 20분은 족히 걸어야 하는 곳이다. 아이의 동선이 그려졌다. 아니나 다를까 아이는 집에 엄마가 없자, 엄마가 자주 가는 커피숍을 가장 먼저 떠올렸고 그곳에도 엄마가 없으니, 우리가 함께 자주 가던 초록마을(친환경 유기농 매장)로 달려가 본 것이다.

초록마을에 들어서니 아이가 카운터 옆에 다소곳하게 앉아있는데, 그제야 커다란 눈망울에서 참고 있던 눈물이 터져버릴 것 같은 모습이었다. 아이를 와락 안아주는데 눈물이 핑 돌았다. 안도했고 대견했다.

오픈한 지 한 달밖에 안 된 초록마을에 우리 삼 형제가 갈 때마다 삼 형제를 기다렸다며 너무나 반갑게 맞아주시던 점원분이 계셨다. 마침 그분이 가게 앞에서 서성이던 아이를 먼저 알아보시고 정황을 물어보셨다고. 놀랐을 법한 아이에게 음료수도 챙겨주시고 아주 편안하게 잘 보살펴주고 계셔서 얼마나 감사하던지…. 초록마을이 아니었다면 우리는 서로 얼마나 더 엇갈린 길을 헤매고 다녔을까 생각하니 아찔해졌다.

아이 손을 잡고 집까지 걸어가는 길,

"정훈이 오늘 다른 길로 갔나 보네. 엄마는 당연히 정훈이가 늘 오던 길로 올 거로 생각하고 벤치에서 기다렸는데…. 그냥 집에 있을 걸 그랬다. 그지? 정훈이 찾으려고 엄청 뛰어다녔어. 그래도 이렇게 만나서 정말 다행이야. 엄마 없어서 많이 속상했지? 울지는 않았어?"

"응 안 울었어. 그냥 엄마가 왠지 카페에 있을 것 같아서 가봤는데 없더라. 그래서 초록마을까지 가봤어."

"잘했어. 정말 잘했어. 길에서 헤매고 다니지 않고 그렇게 찾아가 본 거 정말 잘했어. 너 길에만 있었으면 우리 계속 못 만났을 거야. 다음부터는 그렇게 멀리 갈 것 없이 우리 아파트 경비아저씨한테 부탁드리면 돼. 엄마한테 전화 좀 걸어달라고. 경비아저씨 안 보이면 우리 아파트 앞에 빵집 같은 곳에 들어가서 부탁드리면 되고. 절대 길 가는 사람한테는 부탁하면 안 돼. 알았지?"

"응 알아. 예전에 유치원에서도 배웠고, 학교에서도 배웠어."

"그때 배운 거 우리 오늘 처음으로 경험해봤네. 무섭기도 하고 힘들기도 하고 그랬지만, 그래도 좋은 경험 한 것 같아. 다음에 어떻게 하면 더 좋을지도 배우게 됐으니 말이야. 오늘 정훈이 혼자서 집에 정말 잘 왔는데, 엄마가 반겨주지 못해서 미안해. 다음에는 꼭 집에서 기다릴게. 엄마한테 우리 정훈이 정말 소중한 거 알지?"

씩 웃으며 끄덕끄덕하는 아이. 아이보다 더 불안해하고 더 걱정하고 더 두려움에 떨던 어미는 자꾸만 말이 많아진다. 아이스티 한 잔으로 더위를 식히며 우리 아파트 입구에 다다르자 아이도 그제야 "나 오늘은 가게 있는 쪽으로 가 보고 싶어서 이 밑으로 갔어. 그리고 다시 저쪽으로 올라갔는데. 엄마가 이쪽 끝 벤치에 앉아있어서 나도 엄마를 못 봤나 보네. 그래도 오늘 혼자 집에 가 보니까 재미있었어" 한다. 만보계가 이미 5,000보를 넘겼다며 운동 제대로 했다고 함께 웃었다. 언제까지나 내 손 꼭 잡고 함께 다닐 품 안의 아이라 생각했는데, 예민함 끝판왕에 늘 엄마 곁을 떠나기 힘들어하던 아이였는데. 아이는 생각보다 더 빨리 독립해가고, 엄마가 오히려 분리불안증세를 겪고 있는 꼴이라니.

저녁이 되자 아이는 아빠와 동생들에게 그 사건을 아주 자랑스러운 무용담처럼 늘어놓는다. 동생들이 신기하게 반응하자 더 신이 났다. 당시에는 눈앞이 핑핑 돌았지만, 돌아보니 또 값진 경험이다. 그래, 온실 속의 화초처럼 아무런 일 겪지 않고 평탄하게만 자라는 것보단, 이런저런 경험과 감정들 다 겪어보고 느껴보는 것이 다음에 겪어낼 상황에 대한 마음의 면역력 기르는 데 훨씬 더 도움이 되지 않겠나. 우리 부단히 경험하고 다채롭게 느끼며 더욱 단단하게 무럭무럭 자라자. 이제 정말로! 네 걱정 않고 엄마부터 잘할게.

그저 웃을 뿐,
그저 감탄할 뿐

어느 날 갑자기 막내가 다리를 절뚝거리며 걷는다.

다리가 아프다고 한 지는 제법 됐다. 가만히 생각해보니 최근 어린이집에 걸어서 데리러 갈 때면 "왜 또 걸어가? 나는 차 타고 가고 싶은데. 나 걸어가는 거 힘들단 말이야" 하며 투정 섞인 말을 부쩍 자주 했던 것 같다. 아이들 걸음으로 30분 정도는 걸어야 하는 길이니 네 살 막내에게는 조금 힘들 수도 있겠다 싶었지만, 어린이집에서는 높은 산도 척척 올라가는 아이다. 놀이터나 연못가에서도 아주 잘 뛰어논다고 했다. 그래, 길에서 보이는 모습은 그저 엄마 앞에서 부리는 막내의 투정쯤이리라. "엄마랑 달리기 경주할까?", "엄마 잡아봐라~" 하면서 내가 먼저 뛰기 시작하면 저도 신나서 곧잘 뛰어다니고,

집 근처 놀이터에 도착하면 언제 힘들다 했냐는 듯 또 한참을 잘 뛰어 놀았던 아이니까. 나는 그런 모습들을 보며 안도했고, 아이가 길에서 힘들다고 할 때면 아이를 안고 걷기보다는 함께 즐겁게 뛰고 걷는 쪽을 선택했다. 그것이 아이를 더 단단하게, 더 튼튼하게 키우는 길이라 믿었다.

그러다 오른쪽 다리가 아프다며 절뚝거리는 모습을 보자 1년 6개월 전, 첫째의 검사 결과를 들으며 무너져내리던 그때가 급격하게 소환된다. 자라 보고 놀란 가슴 솥뚜껑 보고 놀란다는 게 딱 이런 경우로구나.

그동안 애써 '아닐 거야' 하며 고개를 젓곤 했지만 나는 꽤 자주 작은 바람에도 흔들려야 했다. "머리 아파", "배가 아파", "다리 아파" 그런 소리 모두가 허투루 들리지 않았다. 작은 점 하나에도, 작은 멍 하나에도, '혹시?' 하는 마음이 삐져 들어왔다. 첫째도 종양 덩어리가 그렇게 커지고 있는 동안, 아픈 날보다는 아프지 않은 날이 더 많지 않았던가. 의사조차도 크게 의식하지 않았고 성장통이나 수면 장애쯤으로 넘겨버리던 증상. 그 아이의 이상 소견을 듣고 내가 가장 휘청거렸던 지점은, 아이의 아픔을 '별거 아닐 것'이라고 믿고 한참의 시간을 흘려보내 버린 데 있었다.

'오래전부터 다리가 아프다고 했었는데 어쩌나…. 다리 아프다며 투정부릴 때 조금 더 안아줄 걸….' 막내의 모습을 보며 행여나 1년 6

개월 전의 휘청거림을 다시 겪어야 할까 봐 몹시 두려워졌다.

절뚝거리는 증세가 이틀 이상 계속되기에 곧바로 정형외과를 찾았다. 아이를 엑스레이 촬영대에 눕혔다. 차가운 촬영대 위의 아이가 유난히 작아 보인다. "상윤아, 아프게 하는 건 하나도 없어. 여기 다리 사진만 찍어볼 건데 잘할 수 있지?" 하니, 자신 있다는 듯 고개를 끄덕여 보인다. 네 살 아이답지 않게, 엄마가 검사실 밖으로 나가도 꼼짝 않고 잘 누워있는 모습을 보니 콧잔등이 시큰해졌다. 첫째의 발병이 아니었다면 나는 여전히 병원 불신론자에 자연치유 예찬론자로 남아 있었을 게다. 아이의 왕성한 치유력을 믿고 아이의 몸을 살뜰히 돌봐주며 한참을 더 기다려줬을 테다. 하지만 이제 치유력을 믿으며 기다릴 수 있는 영역 말고 또 다른 아픔의 영역이 있다는 것을 알아버린 나는, 이미 울퉁불퉁 커다란 자라의 등껍질을 봐 버린 나는, 더 이상 그렇게 기다릴 수가 없다. 그것이 정말 자라 등껍질인지 솥뚜껑인지 확인하는 작업을 꼭 거쳐야 안심할 수 있을 것 같았다.

촬영 필름 속에 아이의 다리뼈와 엉덩이뼈가 고스란히 드러났다. 유심히 살펴보신 의사 선생님께서 이상이 없어 보인다고 하셨다. 괜찮을 확률이 95퍼센트 이상이라고 했다. 그럼 5퍼센트는? 간혹 아이들의 활동이 많은 경우 뼈와 뼈 사이에 염증이 생겨서 아파하는 경우가 있는데, 그것 또한 휴식을 취하며 덜 움직이면 차차 좋아질 것이라고 하셨다. 굳이 수면 약 먹여가며 MRI까지 찍어볼 필요는 없을 것이라 덧붙이면서.

안도감에 큰 소리로 인사하고 병원을 빠져나왔다. 긴장됐던 진료를 무사히 잘 마친 우리는 좋아하는 빵집에 들렀다. 먹고 싶은 빵을 골라보라 했더니 형들도 줘야 한다며 3개를 사야 한단다. 귀여운 막내와 데이트하듯 기분 좋게 집으로 왔다.

그날 밤 아이는 자다가 몇 번을 깨서 다리가 아프다면서 눈물을 뚝뚝 흘리며 울었다. 의사 선생님의 조언대로 해열진통제를 먹였더니 조금 후 진정하고 잠이 들었다. 그 후로 3일이 지나도록 아이는 계속 다리를 절뚝거리며 걸었다. 지켜보는 것이 힘들어 조금 더 큰 병원을 검색하여 온라인 예약 신청서를 작성했다. 첫째가 처음 입원했던 대학병원의 교수님이 그곳에 계셨다. 심장이 조금 더 빠르게 뛰었다.

이쯤 되면 놀라운 현상이 생긴다. 아이의 모든 모습이 다 예뻐 보이고, 웬만한 행동이 모두 다 허용되고 용서가 된다는 것. 조금 전 아이가 반찬 투정을 한다며 꾸짖었던 것이, 온 집안을 엉망으로 만들며 노는 모습에 짜증이 차오르던 것이, 서로 장난감을 갖겠다며 싸우다가 큰 소리로 울음보를 터뜨리고 마는 것이, 모두 다 하찮은 일이 되고 마는 것이다. 그게 뭐가 어때서? 그 정도가 뭐? 제발 아프지만 말아줘. 건강하면 돼. 그렇게 웃으면 돼. 그걸로 충분해.

모든 것이 고맙다. 저렇게 잘 웃는 아이가, 이토록 맑은 웃음으로 애교를 부리는 아이가 예쁘기 그지없다. 아이를 물끄러미 바라보는 남편의 시선에서도 그것이 느껴진다. 그 안에는 애잔함과 고마움과 사랑스러움이 동시에 담겨 있었다. 우리는 평소 아이에게 이런 시선을 얼마나 자주 보내줬던가. 그동안 얼마나 자주 이런 감정들을 잊으며 살고 있었던가. 아이는 어제나 오늘이나 변함없다. 한결같이 웃고, 또 한결같이 사고를 친다. 그런데 왜 어제 화를 마구 쏟아부었던 일들이, 지친다고 힘들다고 하소연했던 일들이, 오늘에 와서는 아무것도 아닌 일이 되어버리냔 말이다.

지금 우리가 얼마나 많은 것을 가졌는지, 우리가 얼마나 행복한 사람이었는지, 얼마나 아름다운 하루를 보내고 있었는지. 우리는 왜 묵직한 자라 등을 보고 나서야 비로소 깨닫게 되는 것일까. 그 어떤 계기가 없으면 우리는 왜 이토록 이 간단하고도 소중한 것을 자꾸만 놓치며 살아가는 것일까. 솥뚜껑 보며 놀란 가슴, 그것이 정말 솥뚜껑이라는 걸 확인하고 진정할 수만 있다면 더 바랄 것이 없겠다(다행히 아이는 일주일쯤 휴식을 충분히 취한 후 절뚝거리는 증상이 모두 사라졌다). 그리고 행여나 그것이 솥뚜껑보다 더 큰 자라 등일지라도 지금 이 순간을 후회하지 않을 방법은 딱 한 가지다. **그저 아이의 사랑스러운 모습을 보며 온 마음으로 실컷 웃어주는 것. 지금 이 순간 내 앞에서 웃고 있는 아이의 모습에 충분히 감탄하는 것. 그리고 함께 손잡고 춤추며 노래하는 것. 그것뿐이다. 그거 하나면 충분하다.**

에필로그

※

조금 먼 시간, 마흔 살의 너에게 듣고 싶은 말

"오동통한 허벅지, 아장아장 뒤뚱뒤뚱 걸음, 작고 귀여운 손, 살 맞대며 느꼈던 촉감과 아기 냄새, 그 모든 게 아직도 생생하게 살아 숨 쉬는데, 생각만으로도 벅차오르고 나의 온 세포가 깨어나는 것만 같은데, 너희들은 이미 어엿한 중년이 됐구나. 어느덧 부모가 된 너희는 이만큼이나 듬직하게 잘 자랐고 너희를 똑 닮은 손주를 나에게 안겨줬지. 참으로 예쁘구나. 너희들의 어린 시절만큼이나 무척이나 곱고 사랑스러워. 참 좋다. 더할 나위 없이 행복하고 좋아. 그런데 말이다. 엄마가 인생을 돌아보니 말이야. 너희들과의 어린 시절을 온전히 함께 보낸 그때가, 함께 저녁 늦도록 놀이터에서 뛰어놀고도 덜 놀았다며 투덜거리던 그때가, 고사리 같은 손 잡고 도란도란 이야기 나누며 온 동네를 산책 삼아 누비고 다니던 그때가, 진정 내 인생의 보석

같은 시간이었구나 싶어.

너희들을 만나지 못했더라면 엄마는 과연 이만큼 자랄 수 있었을까? 이렇게 온전한 '나'로 우뚝 설 수 있었을까? 나 자신과의 대화는 나눌 새도 없이, 늘 분주하게 바깥세상에만 관심을 가지던 엄마가 밀도 있게 내면을 들여다볼 수 있었던 건 모두 너희들 덕분이란다. 엄마를 거울처럼 바라보는 너희들에게 부끄럽지 않을 엄마가 되고 싶었거든. 너희들이 가장 닮고 싶은 사람이 엄마가 되길 바랐지. 그런 바람이 있었기에, 오래도록 마음속에 품고 있던 꿈을 포기하지 않고 하루하루의 삶에 충실할 수 있었어. 그렇게 엄마를 부지런히 키워나가다 보면, 너희들 또한 엄마를 따라 배우며 저마다의 삶을 잘 꾸려갈 것이라는 믿음도 있었지. 그때는 너희들과 함께 보내는 시간도, 엄마만의 시간도 모두 너무나 소중했기에 매시간이 참으로 간절했고 또 특별했단다. 중요하지 않았던 시간은 하나도 없었던 것 같구나.

엄마가 책을 쓰겠다며 날마다 노트북을 끼고 다녔던 거 기억나니? 그런 엄마를 지켜보며 너도 함께 책을 써보고 싶다고 했지. 결국엔 너 혼자 종이를 이리저리 오려 붙이더니 몇 날 며칠 열심히 그림 그리고 글을 써서 근사한 만화책 한 권을 탄생시켰잖아. 그 모습을 보며 엄마가 얼마나 뿌듯하고 기뻤는지 몰라. 그 어떤 강요도 없이 그저 너의 내면에서 끓어오르고 우러나는 것들을 마음껏 발산하며 끼를 펼쳐 보일 때, 그럴 때 엄마는 참 행복했어. 물론 너도 정말 행복해 보였고 말이야. 엄마가 특별히 잘해준 것도 없고 그저 묵묵히 너희들의 든든한 울타리가 되어주고 싶은 마음뿐이었는데, 너희들 스스로 내면의 보석을 잘 가꾸며 이렇게 멋지게 잘 자라줘서 정말 고마워. 그리고 엄마를 이만큼 성장시켜줘서 고마워. 엄마 품에 찾아온 그 날부터 지금까지 단 한 순간도 너희들을 향한 사랑을 잊은 적 없단다. 하루하루 엄마의 생을 알차게 잘 가꿔온 것도 결국엔 너희들을 잘 키워내고 싶었고, 엄마 뒷모습을 보며 너희들이 잘 자라났으면 하는 마음에서 출발한 것이었으니, 그 밑바탕에 깔려있던 것도 결국엔 사랑이었구나. 사랑하고 또 사랑한다."

"어머니는 언제나 저의 롤모델이었고 든든한 기둥이었어요. 제가 지치고 힘든 날, 고개를 들면 어머니는 늘 그 자리에서 '괜찮아, 충분히 잘하고 있어' 하는 미소를 보내주셨지요. 하루하루의 삶에 충실한 어머니가 참 존경스러웠고, 따뜻한 어머니의 시선이 있어 정말 행복하고 감사했어요. 어릴 적 어머니가 잠잘 때마다 저를 꼭 안고 불러줬던 자장가는 아직도 제 마음을 따뜻하게 적셔요. 어머니의 웃는 모습은 저를 참 편안하게 해요. 저도 어머니 같은 부모가 되고 싶고, 또 어머니처럼 아름답게 나이 들고 싶어요. 어머니는 제 인생의 멘토, 제가 평생을 걸쳐 닮아가고 싶은 그런 사람입니다. 어머니가 제 어머니라서 정말 고맙습니다. 자주 표현하지는 못했지만, 어릴 때부터 지금까지 한순간도 빠짐없이 어머니를 사랑하고 또 사랑해요."

'마흔이 된 아들에게 이런 이야기를 들을 수 있는 나는 참 행복한 사람이다. 잘 살았구나. 대견하다 윤정아. 생의 매 순간을 아름답게 잘 가꿔주어 참으로 고맙다. 일흔이 넘은 지금도 나는 꿈을 꾼다. 내가 더욱 밝게 빛나고, 그 밝음이 내 가족과 세상을 조금 더 빛나게 비추어주는 그런 꿈을. 아직 살아갈 날이 30년이나 더 남았지 않은가. 그러니 나는 앞으로도 부단히 책을 읽고 글을 쓰고 운동을 할 것이다. 그렇게 가꿔간 건강한 몸과 마음으로, 말이 아닌 나의 삶과 행동으로, 내 아이들에게 그리고 나의 도움이 필요한 많은 이들에게 맑은 메시지를 전하며 살아갈 것이다.'

일흔이 넘은 내가 마흔이 된 아들과 이야기를 나누는 모습을 상상해보니 기분이 묘하다. 후회나 회한보다는 대견함과 자랑스러움이라는 단어가 먼저 떠올라 참 다행스럽다. 아이들을 위해 7년간의 육아휴직을 이어오고 있지만, 내 모든 것을 내려놓고 아이들만 바라보지 않았고 틈틈이 책을 읽고 글도 쓰며 나의 삶도 잘 가꿔왔다. 아이들을 방임하지 않았고, 나를 포기하지 않았다. 예상치 못했던 아이의 아픔으로 고통을 겪기도 했고, 육아와 엄마의 자아실현 사이에서 수없이 부딪히고 힘겨웠던 시간도 많았지만, 모든 고통과 갈등의 시간은 곧 나와 아이들의 '성장과 깨달음'으로 연결이 됐다. 내 인생 전반에 이만큼 큰 배움은 없었다. 고로 아이들은 내 인생 최고의 스승이다. 그 아이들과 함께 살 비비며 즐거운 생을 이어가고 있는 나는 지금 내 인생 최고의 황금기를 걸어가는 중이다. 다시 오지 않을 이 시간을 더욱 활짝 웃으며 찬란하게 누리리라. 오늘도 웃는 엄마, 행복한 엄마로 살아가는 내가 정말 자랑스럽다.

thanks to

"어린 아들이 셋이나 되는 것도 모자라 아이가 아프기까지 한데, 훈이 엄마는 어디서 그런 에너지가 나와요?"라는 말을 종종 듣습니다. 제가 힘든 상황 속에서도 이렇게 단단하게 밝은 에너지를 채워갈 수 있었던 것은, 오직! 많은 이들의 사랑 덕분입니다. 마흔이 된 지금까지 한 해도 거르지 않고 생일마다 미역국을 끓여주시고 정성 가득 손편지를 전해주시는 부모님, 제가 아플 때나 아이들이 아플 때 한결같은 사랑으로 손주들을 돌보아주시며 든든한 버팀목이 되어주셔서 정말 감사하고 사랑합니다. 만날 때마다 용돈을 쥐여주시며 아이들 키우느라 고생이 많다고 말씀해주시고 부족한 며느리 한없이 배려해주시는 시부모님께도 깊은 감사와 사랑을 전합니다. 아내의 에너지가 고갈됐다 싶을 때면 혼자서 커피 마실 자유시간을 흔쾌히 허락해주고 글 쓰는 시간을 넓은 마음으로 이해해주며 육아와 가사를 함께 해준 최고의 동반자 하성민 씨 진심으로 고맙고 사랑합니다. 이 세상 최고로 벅찬 이름 '엄마'라는 이름을 선물해준 우리 삼 형제 정훈이, 지환이, 상윤이, 참 예쁜 너희들의 엄마로 살아갈 수 있는 행복을 선물해줘서, 엄마가 더 멋진 사람으로 거듭날 수 있도록 성찰과 배움의 시간을 선물해줘서 정말 정말 고맙고 사랑해.

물속에서 허우적거리던 저를 건져 올려주신 생명의 은인 착한재벌샘정 님, 제가 삶의 기로에서 흔들리고 주저앉으려 할 때마다 저를 꼭 붙들어 주시며 든든한 길잡이가 되어주셔서 정말 감사합니다. 이름을 모두 다 언급할 수는 없지만, 책이 나오기까지 격려와 응원을 아끼지 않았던 모든 분, 그리고 이 책을 선택해 끝까지 읽어주신 독자님들께 깊은 감사를 전합니다.

모두 덕분입니다. 늘 겸허한 자세로, 감사하는 마음으로, 사랑하는 마음으로 오늘을 힘껏 누리며 살아가겠습니다. 감사합니다.